पति-पत्नी
और
नौसेना

पति-पत्नी और नौसेना

कमोडोर विजय शंकर बबेले

सत्साहित्य प्रकाशन, दिल्ली

प्रकाशक : सत्साहित्य प्रकाशन, 205-बी चावड़ी बाजार, दिल्ली-110006
सर्वाधिकार : सुरक्षित / संस्करण : प्रथम, 2011 / मूल्य : दो सौ पचास रुपए
मुद्रक : भानु प्रिंटर्स, दिल्ली ISBN 978-81-7721-134-4

PATI-PATNI AUR NAUSENA

by Commodore Vijay Shankar Babelay Rs. 250.00
Published by Satsahitya Prakashan, 205-B Chawri Bazar, Delhi-110006

उन सभी युवतियों को
जिन्होंने 'भारतीय रक्षा सेनाओं' के अधिकारियों
एवं
सैनिकों को अपना वर चुना है, चुन रही हैं
और भविष्य में भी चुनेंगी।

आमुख

कमोडोर वी. एस. बबेले ने नौसैनिकों की हृदय नौकाओं के अद्‌भुत, दुःसाहस भरे दृश्य की एक झाँकी 'पति, पत्नी और नौसेना' में प्रस्तुत की है। इस कृति में नौसैनिक जीवन का शायद ही कोई प्रसंग अछूता रहा हो। कवि ने नौसैनिक जीवन की दूरी को निकटता में, वियोग को संयोग में, वेदना को मुस्कान में और कठोर अनुशासन भरे जीवन की नीरसता को मस्ती भरी सरसता में तब्दील कर दिया है। पति-पत्नी के बीच के संबंधों, नोक-झोक, कहासुनी और घात-प्रतिघातों को उन्होंने बड़ी कुशलता से उकेरा है।

पति-पत्नी के बीच 'नौसेना पत्नी कल्याण संघ' (NWWA) के संयोग को बड़े ही रोचक ढंग से प्रस्तुत किया है। NWWA के उद्‌देश्य एवं कार्य पद्धति का चित्रण इस बात का प्रतीक है कि भारतीय नारियाँ हमेशा ही प्रेरणा स्रोत ही नहीं अपने कर्तव्यों द्वारा सारे समाज हेतु उदाहरण के रूप में उभरी है। नौसैनिक पत्नियों का सहयोग भारतीय नौसेना की प्रगति के लिए एक उद्‌दीप्त उदाहरण है।

मुझे पूरा विश्वास है कि कमोडोर बबेले की यह कृति नौसैनिकों के लिए ही नहीं, बल्कि पूरे देशवासियों एवं सभी पाठकों के लिए प्रेरणा, आनंद और सुखद अनुभूति का विषय बनेगी।

Madhulika Verma

(श्रीमती मधुलिका वर्मा)

अध्यक्षा, नौसेना पत्नी कल्याण संघ

दिनांक-मई 2011

नई दिल्ली

प्राक्कथन

जीवन के सफर में पचपनवें मील के पत्थर पर खड़े होकर जब मैंने इस घुमावदार डगर को देखा तो बाल्यकाल की सरलता से यौवन के वेग को पार कर मन वैवाहिक जीवन की मधुरता में बहना शुरू हो गया। इस उमंग भरे जीवन के तीस से अधिक वर्ष भारतीय नौसेना में बीते हैं, और कुछ आगे भी बीतेंगे। इन तीन दशकों में मेरे वैवाहिक जीवन के 28 वर्ष भी शामिल है। जीवन की सुखमय डगर पर पत्नी के साथ मधुरिम समय बिताने का श्रेय नौसेना की महत्त्वपूर्ण भूमिका को जाता है। नौसैनिक पत्नियों के समुदाय ने अपने विभिन्न क्रिया-कलापों द्वारा मेरे दांपत्य जीवन को आनंदमय ही नहीं बनाया बल्कि हर वर्ष कुछ-न-कुछ नए आयाम भी प्रदान किए, जिससे मेरे अंदर का मानव प्रेरित हुआ और इस पुस्तक का उदय।

पति-पत्नी का चोली-दामन का साथ होता है। आज के इस Live-in-Relation के माहौल में भी पति-पत्नी चोली-दामन की तरह एक-दूसरे का पूरक बनकर अगर जीवन जीते हैं तो इसका पूरा-का-पूरा श्रेय निश्चय ही उस परिवेश को जाएगा जिसमें वे रह रहे हैं। इस दृष्टिकोण से नौसेना का परिवेश निश्चय ही सराहनीय है, और विशेष रूप से 'नौसेना पत्नी कल्याण संघ' 'Naval Wives Welfare Association' (NWWA) की भूमिका अत्यधिक महत्त्वपूर्ण और काबिले-तारीफ़ है।

नौसेना में मैंने अपना विवाहित जीवन भरपूर जिया, जी रहा हूँ, और जिऊँगा। दांपत्य जीवन हरपल नया प्रतीत हुआ है। जीवन में उत्साह उत्तरोतर बढ़ा है। इसका पूर्ण श्रेय यद्यपि मेरी अर्द्धांगिनी को जाता है किंतु निश्चय ही जीवन में नए रंग भरने का काम नौसेना की जीवन-शैली ने किया है। जब भी कोई कार्यक्रम आयोजित हुआ और मुझे अवसर मिला, मैंने कुछ पंक्तियाँ लिख डालीं। इस प्रकार मेरी जीवन-शैली में पत्नी के साथ NWWA का मिश्रण सोने-पे-सुहागा की कहावत को चरितार्थ करता है।

मैंने इस पुस्तक में प्रायः पति-पत्नी के अंतरंग प्रसंगों को स्थान दिया है, जिसमें नौसेना का समावेश भी है। कुछ विशेष अवसरों पर लिखी गई पद्यपूर्ण पंक्तियों से पूर्व प्रसंग जोड़े गए हैं, ताकि पाठक रचना का भरपूर आनंद उठा सकें। इस पुस्तक की रचनाओं के माध्यम से मैं अपने देशवासियों को रक्षा सेनाओं के माधुर्यपूर्ण वातावरण की एक झलक प्रदान करना चाहता हूँ। प्रायः देखा गया है कि एक आम देशवासी के मन में रक्षा सेनाओं के जीवन के प्रति कई भ्रांतियाँ रहती हैं। देश के कई माता-पिता अपनी पुत्री को एक फौजी को देने से पूर्व कई बार सोचते हैं। कुछ कतराते हैं, क्योंकि वे शायद यह समझते हैं कि रक्षा सेनाओं में एक पत्नी का काफी कठिन जीवन होता है। मेरी यह पुस्तक उनके इस भ्रम को, विचारों को बदलने में सफल साबित होगी, ऐसा मेरा विश्वास है। फौजी मनमौजी होता है और जीवन का हरपल जी भरकर जीता है। इस बात का प्रमाण प्रत्येक कविता कृति में कहीं-न-कहीं छिपा है।

सफल दांपत्य जीवन की नींव आपसी विश्वास एवं चारित्रिक पारदर्शिता पर टिकी होती है। लेकिन जीवन में सरसता बनाए रखने में हास-परिहास का भी महत्त्वपूर्ण स्थान है। अतः प्रत्येक रचना में जीवन को भरपूर जीने के संदेश को पिरोने का प्रयत्न किया गया है। कुछ हल्के-फुल्के चुटकुलों का समावेश फौजियों के व्यस्त तथा एकांतमय जीवन में कुछ हल्कापन लाने के उद्देश्य से किया गया है। विवाह से पूर्व 'पत्नी की कल्पना' एवं विवाह पश्चात् 'पत्नी को पत्र' की कविताएँ एक पति-पत्नी के प्रगाढ़ संबंध का प्रतीक है और भारतीय संस्कृति के एक पत्नीव्रत के आदर्श को सुदृढ़ करती है।

मैं अपनी सहधर्मिणी, जिसकी प्रेरणा से इस पुस्तक का उदय हुआ तथा सभी सैनिक व असैनिक कर्मियों जिनके सतत सहयोग से प्रकाशन सफल हुआ, का सहृदय आभार व्यक्त करता हूँ।

आशा करता हूँ कि देशवासियों को इस पुस्तक के माध्यम से नौसेना के दांपत्य जीवन की एक सच्ची तस्वीर दिखेगी तथा विशेषकर नारी-वर्ग को ऐसे जीवन का अभिन्न अंग बनने हेतु प्रेरणा प्रदान करने में सफल होगी।

जयहिंद

रक्षाबंधन-2011

नई दिल्ली

—कमोडोर विजय शंकर बबेले

विषय-क्रम

वरदायिनी-वंदना

बंधन वंदनवार 'वंदना' के वर दो वरदायिनी माँ,
अनुपम, अलख, अलौकिक देश हमारा कर दो माँ।

देश-प्रेम हो रग-रग में, ये भुजा हमारी बोल उठे,
शस्त्र उठाए हाथ अगर, सारी दुनियाँ डोल उठे।
नहीं झुके ये मस्तक ऊँचा, ऐसा कर्मठ कर दो माँ,
अनुपम, अलख, अलौकिक...

भूखा प्यासा रहे न कोई, जन-जीवन खुशहाल रहे,
जन जागृति, परिवर्तन की ज्योति भरी मशाल रहे।
हृदय हृदय में गहराई तक देश भावना भर दो माँ,
अनुपम, अलख, अलौकिक...

अस्त-व्यस्त ये जन-जीवन है, स्वर सरिता में ताल नहीं,
भौतिकता के दूषित बंधन में, कोई भी खुशहाल नहीं।
बागडोर न डगमग हो, इस मन वीणा को स्वर दो माँ,
अनुपम, अलख, अलौकिक...

नौसेना नवनीत नवल, नव धवल ध्वजा-सी फहराए,
भारतमाता का यह पहलू, नित नित नई ज्योति पाए।
दमक उठे हर सैनिक सच्चा, साहसपूर्ण निडर हो माँ,
अनुपम, अलख, अलौकिक···

□

पत्नी की कल्पना

किशोरावस्था में कदम रखते ही हर व्यक्ति अपने जीवनसाथी की कल्पना करने लगता है। यह स्वाभाविक भी है। ख्यालों में, ख्वाबों में, सोते-जागते, होने वाले जीवनसाथी के अक्स उभरते हैं। विचारों को मानो पंख लग जाते हैं और मंसूबों की कोई सीमा नहीं होती। यह स्थिति किशोरावस्था से प्रौढ़ावस्था तक रहती है या फिर जब तक कि जीवनसाथी नहीं मिल जाता।

मैं कोई अपवाद नहीं हूँ। अत: इस स्थिति से गुजरा, और जो भी विचार मन में आए, उन्हें कलमबद्ध किया। कब, कैसे इन पंक्तियों में श्रृंगार समा गया या फिर गंभीर रस या फिर दर्शन का समावेश हो गया, पता ही नहीं चला। जो पंक्तियाँ किशोरावस्था से प्रौढ़ावस्था के बीच होने वाली पत्नी की कल्पना में लिखी थीं, आज पढ़कर बड़ा सुकून मिलता है। ऐसा लगता है कि हर पंक्ति में कुछ-न-कुछ है, जो मन को छूता है। कहीं समाज का भय, कहीं स्वयं का संयम तो कहीं अन्य मान्यताएँ हमारी संवेदनाओं को कैसे प्रभावित करती हैं, कुछ कविताओं में इसकी झलक स्पष्ट है।

पुस्तक के इस भाग में वह सब रचनाएँ हैं, जो शादी से पूर्व विद्यार्थी-जीवन में और फिर प्रौढ़ावस्था में, नौसेना में भरती होने पर लिखी गईं। इन रचनाओं में हास-परिहास का समावेश भी है।

आशाओं के आसरे आया सजाने,
जो हृदय में सो गए, उनको जगाने।
रोशनी के रास्ते पर, गीतिका के गाँव में।
जा रहा हूँ मैं, चहकता गीत गाने॥

□

स्मृति और प्राणी

उमड़ी उलन की लहरें रोकीं बस, पर रुक न सकीं।
आँखों के आँगन में आँखें, अपनी आँखों में झुक न सकीं।।

भरपूर समंदर सी लहरें रोकीं न रोक सका मैं उन्हें।
पुतली गीला छोड़ गईं, कर याद तुम्हें, कर याद तुम्हें।।

ना जाने क्यों कुछ ही दिन का, सान्निध्य हमें अब खलता है।
हर प्राणी अपना-सा लगता, जब सपना-सा कुछ ढलता है।।

चलचित्र जगत् में हर कोई, बहते दरिया-सा पानी है।
नहीं कोई उनका अपना है, प्राणी हैं, हम सब प्राणी हैं।।

□

क्षणिकाएँ

: 1 :

तुम शोख, सजीली, सुकुमारी।
ज्यों सुंदरता का दर्पण हो।
आकर्षण प्रबल उत्कृष्ट तेरा।
ज्यों खुद को करती अर्पण हो।।

: 2 :

लम्हे-लम्हे जिंदगी इजहार होती है,
वक्त की बेवक्त यादें चार होती हैं।
हम हमारे, तुम तुम्हारे में ये जीवन जाएगा,
जायका जो जा चुकेगा, लौटकर न आएगा।।

: 3 :

शायद जीवन के साए झिलमिलाते रहेंगे,
हम तुमसे यूँ ही छुपते-छिपाते रहेंगे।
क्यों न हम उनके इस संसार को समझें,
तकरार में इकरार के इज़हार को समझें।।

: 4 :

हमने तो बहुत पहले उनकी आँखों में परखा था,
मौन निमंत्रण का समंदर झीलों में सिमटा था।
न जाने क्यों अब तक वह उफना नहीं है?
बिना कहे तुमने जो भी इबादतें कही हैं।।

: 5 :

माना हमारे बीच कोई रिश्ता नहीं है,
हममें से कोई भी फरिश्ता नहीं है।
फिर भी हमारे बीच कुछ अवशेष खो गए हैं,
कुछ–कुछ आप हमारे, हम आपके हो गए हैं।।

: 6 :

आवाज सुनकर सोचना भूल गया।
लिखना भूल गया, पढ़ना भूल गया।
खाना भूल गया, पीना भूल गया।
और तो और
मै तो जीने का बहाना भूल गया।।

: 7 :

प्यार हमारा मीठा मीठा,
सबक सदा कुछ कड़वा है।
सीखो गुस्से में मुसकाना,
जीवन एक तजुर्बा है।।

: 8 :

कैसे विदा कहें हम तुमसे, मन के स्वर ये बोल रहे।
रुके रहो कुछ और देर, दिल के दरवाजे खोल रहे।।

: 9 :

कुछ कहने को आकुल स्पंदन, रुक-रुक रह जाते हैं।
भावों की सरिता में हम भी, खड़े-खड़े बह जाते हैं।।

: 10 :

प्यार की दुनियाँ में, अजी वो बात होती है।
दिन भी अगर निकले, कहेंगे रात होती है।।

□

छवि

(अ)

उनींदें उरोजन की अधूरी उभार भरी,
चोली ठिठोली किलोली कौ रूप है।
मदमाती मस्ती की अँगड़ाती अँखियन में,
असीमित है सागर या गहरो सौ कूप है।।

क्वारे कपोलन की ललचाई लाली सौं,
प्रभात हूँ लजात ईको कैसौ स्वरूप है?
घुँघरारे बारन के नजारे अनेक हैं,
तऊ पै लाल होंठन की जोड़ी अनूप है।।

(ब)

अंग-अंग में रंग उमंग भरी,
मन-मन में बसंत छिपाय रही।
चोली में छिपाय धरें कलशा,
जिन उद्दधि तरंग समाय रही।।

गिन गिन के धरै पग-पग गोरी,
कटि टूट न जाय, सँभाल रही।
मुखमंडल मंत्र अनंत कहे,
कवि मोह भयो, छवि भूलि गई।।

□

घूँघट

घूँघट की झूँझट से तिरछो सो बार भयो, चौंध गई आँखें क्या चाँदनी सँवारी है।
कजरारी कोरन की कोमल कमनियाँ से, मारो उर माँझ तीर, पीर वे करारी है।।

भूल जाए पथिक पंथ, संत हू असंत होय, ऐसे ही जादू की मोहनी-सी डारी है।
सिगरे यंत्र, तंत्र-मंत्र शायद औछे भए, तइसे लाल होठन की जोड़ी सँवारी है।

□

मेरा मन

सीमित स्वर सरिता, शब्दों की सीमा गिनी-चुनी है।
भव्य भाव तंत्र होने से, भावुकता से घिरी पड़ी है।।

क्यों गर्त पर्त में पड़े अर्थ का, संचय मुझको भाता है?
लिया-दिया सबने जग में, पर मुझको देना भाता है।।

□

बंधन

(एक मित्र की शादी के अवसर पर जयमाला कार्यक्रम पर पढ़ी गई कविता)

खुशियों में झलक आया सावन,
हृदयों में घटा उमड़ आई।
रिमझिम की प्रतिध्वनि मन में है,
बिन ऋतु के अनुपम ऋतु आई।।

दो अंकुर आज सुदृढ़ होंगे,
अवलंबन के लिए मिले।
हो लता विटप से ये दोनों,
ज्यों आज मिले त्यों रोज मिले।।

□

विचार-विस्मृति

उपहासों के आभूषण अपशब्दों को, आशा है लौटा दोगी।
परिपक्व हृदय के मृदुल वचन तुम, आशा है अपना लोगी।।

आशाओं के आगे अब तक, अनुराग उड़ेला करता हूँ।
प्रत्याशाओं के सूत्र पत्र से, राग अभी छेड़ा करता हूँ।।

यही हमेशा याद रहे, धूमिल न हो तसवीर कभी।
जो बनी नहीं बनते-बनते वह बिगड़े न तकदीर कभी।।

क्यों कलम कभी कुछ कुडकी-सी, कर उर में खुर रख देती है।
हृदय कंप हो उठता है, क्यों, यह जान सलामत रहती है?

□

दर्देदिल इजहार

ये भीनी-भीनी मतवारी, क्यों रूप दिखाने आई हो?
मेरे दिल के दामन पर, कुछ नमक लगाने आई हो?

क्या रतनारे नयन लिये कुछ मूकपत्र लिख लाई हो?
अल्हड़पन की भाषा में, क्या प्रेम जताने आई हो?

दुःख-दर्द नहीं थमते दिल में, वह तुम्हें थमाने आई हूँ।
हूँ परेशान इस उम्र से मैं, यह तुम्हें बताने आई हूँ।।

कुछ रात-रात में याद नहीं, वह बात बताने आई हूँ।
जो तीर तुम्हारे हृदय लगा, वह गहरा करने आई हूँ।।

□

प्यार कैसे करूँ ?

प्यार कैसे करूँ प्यार कैसे करूँ?
सोचना तो पड़ेगा स्वयं के लिए।
गर मोहब्बत का दामन जो फैला दिया,
सोचना भी पड़ेगा रहम के लिए।।

उनकी मुसकान थोड़ी सी आई खिसक,
आँख में आ गया अजनबी हमसफर।
पलकें झुक-झुक के ऊपर उठने लगीं,
लाज लगने लगी हो गया लाल मुँह।।

साँस घुट-घुट के थोड़ी सी रुकने लगी,
मुड़के मुसकान होंठों पे आई उभर।
आ गए खींचने के लिए द्वार पर,
चमचमाते हुए अधर के शक्तिधर।।

लाज की लालिमा लग रही होंठ पर,
जग गए भाव भीनी 'गजल के लिए'।
प्यार कैसे करूँ,...

आँख की अंजनी की कोमल कमर,
हो गई है धनुष मुसकराते हुए।
गाल हँसने लगे काल देखा जो यूँ,
आ गए बाल भी ढाल लेते हुए।।

लाज बढ़ने लगी, पैर थकने लगे,
गुदगुदाने लगे वो जमीं का बदन।
आग तन-मन में बढ़ने लगी जोर से,
गुदगुदाहट हमारा भी दिल छू गई।।

होंठ हँस-हँस हमारी हँसी देखते,
हमको हँसना पड़ा देखने के लिए।
प्यार कैसे करूँ...

उनकी गरदन में सिलवट की झाँकी सजी,
थोडी सिकुड़ी हुई कह रही कुछ कथा।
क्या व्यथा है मेरी, क्यों खड़े ताकते,
कह रहे नाक के नक्श-नखरे लिये।।

आज आया अनोखा अजब अजनबी,
क्यों खड़ा है, न दामन तू फैला रहा।
हो रही जंग दिल में मेरे जोर से,
शायद ये कदम तो नाजायज हैं।।

प्यार की धार में पैर फिसले नहीं,
जिंदगी के लिए, जिंदगी के लिए।
प्यार कैसे करूँ...

पैर ठिठके मगर दिल ने सोचा नहीं,
क्यों रुके हो सफर में अचानक यहाँ।
है मंजिल बहुत दूर रास्ता बड़ा,
फँस गए हो भँवर में ओ जाने जहाँ।।

सोच लो, रोक लो, दिल न हो बेखबर,
कर सकोगे रहम ओ प्यारे जवाँ।
क्यों अश्कों के आँसू यों आए झलक,
उठ पड़ी क्यों ललक ओ जाने जहाँ।।

दिल की दुनियाँ में दर्दों का है काफिला,
जूझना ही पड़ेगा चमन के लिए।
प्यार कैसे करूँ,...

दिल की दुनियाँ दुःखी, दुःख रहा है जिगर,
दुःख रहा हर जवाँ, दुःख रहा हर जहाँ।
लाल लोशन लगाती जले घाव पर,
उनकी नाजुक अदा, उनकी नाजुक अदा।।

हैं फिदा हम सभी, नाज इतना न हो,
सोलहवीं साल की, चाल की ढ़ाल में।
तुम सिकुड़ती रहो, हम तरसते रहें,
आग ईंधन न होंगे खुले हाल में।।

फँस गए हम, खता ये लिखनी पड़ी,
क्यों न लिखती कलम कामनी के लिए।
प्यार कैसे करूँ,...

□

और दाढ़ी उभर आई

Navy में पहले दिन चेहरा दिखाया।
OOD[1] ने पेट में एक घूँसा जमाया।।

ड्यूटी के तमाम तरीके बाँटे गए।
कुछ ही मिनट बाद बाल काटे गए।।

चेहरे पे नई नई रेख जो आई थी।
इससे पहले जो लड़कियों को भायी थी।।

नाई ने बिना पूछे ही जड़ से उड़ा दी।
छवि मेरी उसने बंदर जैसी बना दी।।

ट्रेनिंग भर ऐसी शकल बनी रही।
बालों पे हर दम मजबूरी चढ़ी रही।।

POP[2] के बाद जब छुट्टी मैं आया।
मूँछों को ट्रेन में बहुत उकसाया।।

किसी तरह घर तक थोड़ी निकल आए।
आस-पास की लड़कियाँ कुछ रिझा जाएँ।।

मूँछें न निकलीं मेरे काँटे निकल आए।
पास आने से छोटे बच्चे भी कतराए।।

हमने अपना भाग्य बड़ों पर आजमाया।
मुहल्ले की दोस्त को चाय पर बुलाया।।

चाय की चुस्की के साथ उसने मुझे घूरा।
ट्रेनिंग का इतिहास नहीं, मेरा भूगोल घूरा।।

चेहरे की रफनैस शायद उसे भा गई।
जाते जाते गालों पै उंगुली चला गई।।

उंगुली की सिहरन बदन में छा गई।
रातोंरात में मेरी पूरी दाढ़ी आ गई।।

अगले दिन उसने मुझे अपने घर बुलाया।
चाय नहीं दी, भूगोल का चैप्टर पढ़ाया।।

बताया, शरीर का भी भूगोल होता है।
नहीं समझे जो, वह बेवकूफ होता है।।

शरीर के इस ग्लोब में नदी-पहाड़ होते हैं।
मौसम के मुताबिक बहुत परिवर्तन होते हैं।।

वायुमंडल में स्वाभाविक तत्त्व होते हैं।
मनुष्य उन्हें प्रदूषण से खुद खोते हैं।।

बहुत हद तक हम स्वाभाविक नहीं रहे।
ओजोन के महत्त्वपूर्ण क्षितिज नहीं रहे।।

इसलिए मनुष्य अब घबराया हुआ है।
अपनी ही कुल्हाड़ी का सताया हुआ है।।

अतः तुम अपना भूगोल न मिटाओ।
घर बैठे शरीर में प्रदूषण न बढ़ाओ।।

स्वाभाविक तरीके से इस खेती को बढ़ने दो।
हम जैसी बकरियों को नित्य इसे चरने दो।।

और तभी से मैनें ये दाढ़ी रखाई है।

□

1. Officer of the Day
2. Passing Out Parade

बीच (समुद्री तट) पर धोखा

(वर्ष 1981 के दौरान मैं गोवा में कार्यरत् था तथा INS Mandovi की अधिकारी मेस में रहता था। प्राय: अन्य अधिकारियों सहित गोवा के Beach (समुद्री तट) पर घूमने-नहाने जाता था। गोवा के Beach (समुद्री तट) उस समय निर्वस्त्रता हेतु जाने जाते थे। वागा Beach सबसे लोकप्रिय माना जाता था। Ward Room (Officers Mess) की पार्टी में उन दिनों बड़ा आनंद आता था। हास-परिहास, चुटकुलों, गानों का दौर चलता था। ऐसे ही परिहास के दौरान मैंने एक दिन निम्न पंक्तियाँ रच डालीं...)

वागा बीच पर हमको, एक दिन धोखा हो गया।
मन बल्लियों उछला, और हवा में खो गया।।
मंद-मंद हवा के झोंके, मन में बेचैनी बड़ी थी।
समुद्र के किनारे, एक निर्वस्त्र सुंदरी खड़ी थी।।
चेहरा दूसरी तरफ था, कमर तक बाल बिखरे पड़े थे।
मैंने मुड़कर देखा तो दोनों को बिच्छू काट गया।
क्योंकि पगड़ी खोले हुए वह तो मेरे 'सर' खड़े थे।।

□

कमल में भँवरा

कमल की कोमल कली को क्या खबर, वह बेहद हसीन है।
उस नाजुक-सी पहेली को क्या पता, एक भँवरा गमगीन है।।

लकड़ी कुरेदनेवाला भी, इतना बेसुध हो जाता है।
कमल की कोमल कमर में, स्वतः बंद हो जाता है।।

रातभर कमल-कली में खो जाता है।
सुबह होने पर ही उसे होश आता है॥

□

दिल के दर्द

दिल के दर्द में उठती, कई टीसें कसकती हैं,
किसी की याद आती है, बहुत रंगीन हस्ती है।

कहीं कोई कलंकी-सा, नराधम दौड़ पडता है,
तुम्हारे प्यार के खातिर, उमड़ता जोश पड़ता है,
कहाँ की शक्ल आकर के, हमें पथभ्रष्ट करती है,
किसी की याद आती है...

बढ़ा है याद का आँचल, हवा के रुख में बहता है,
है दामन निष्कपट उसका, हवा का छोर कहता है,
हवा के रुख में बुलबुल-सी कोई वाणी थिरकती है,
किसी की याद आती है...

तुम्हारी याद में लिखती सुहानी पटकथा कोई,
सुरीली स्वाँस जिसकी है, निकलती है व्यथा कोई,
चकोरी-सी चकित होकर किसी का चाँद तकती है,
किसी की याद आती है...

खुले हैं कोश के कोटर, हवाएँ झूम जाती हैं,
दिशाएँ घूम जाती हैं, लताएँ घूम जाती हैं,

कपोलों की ललित लाली, दिवा को देख हँसती है,
किसी की याद आती है...

तुम्हारा तो तुम्हारा है, न जाने कौन किसका है?
यही पक्का इरादा है, नशीला जिस्म उसका है,
विवशता खींच लेती है, स्ववशता हाथ मलती है,
किसी की याद आती है...

किनारे पँक्ति-सी बैठी लकीरें लाल खुलती हैं,
दमकते शुभ्र मुक्ता हैं, निगाहें आह भरती हैं,
पड़े हों पंक में मोती, अली को आन छलती है,
किसी की याद आती है...

निगाहें चार होती हैं, अकेले में चमकती हैं,
अनोखा राज इसका है, कहीं कोई खटकती है,
निगाहें ऐसी तीखी हैं, कोई संगीन रखती हैं,
किसी की याद आती है...

अरे ओ चाँद के मुखड़े, तू ही मरहम लगा दे अब,
न दिल को चैन आता है, बहारें फिर आएँगी कब,
सुहानी चाँदनी रातें, हमें मदहोश करती हैं,
किसी की याद आती है...

निगाहें उभरे वक्षों पर, अटकती-सी झपटती हैं,
निगाहें नीचे होती हैं, सिमटती-सी लुढ़कती हैं,
दिल के दर्द की आँहें, थकी-माँदी तरसती हैं,
किसी की याद आती है... □

मंसूबे

मन में मचल रहे मंसूबे!
जीवन के अंचल में चंचल, भाव भावना ढूँढ़ रहे हैं,
बहते दरिया की धारा में, कोई किनारा ढूँढ़ रहे हैं,
यदि न पाया तिनका कोई, दो चुल्लू पानी में डूबें,
मन में मचल रहे मंसूबे।

अलियो-से आकुल हैं, कलियों की गलियाँ ढूँढ़ रहे हैं,
आतुर सुध-बुध खो बैठे, कलियों में गलियाँ ढूँढ़ रहे हैं,
कुछ भी समझ न आए, अलि भी हैं कलियों से ऊबे।
मन में मचल रहे मंसूबे।

□

अनबुझी-सी पहेली

समाज के सृजन में अचानक,
आज एक घटना घट गई,
मोहब्बत की घटा छट गई।
दुनियाँ के अँधेरे में,
आँख की पुतली उठ गई।।
और
अनोखा-सा जादू हो उठा।
आगे आ गया, गगन में छा गया,
बादलों की ओट से,
फुहारों की चोट से,
मेरा दामन हिल उठा।।
तरंग के साथ, उमंग के हाथ,
पकड़कर, मैंने दौड़ लगाई,
किनारे की चाह में, मैं!
भागता गया-भागता गया...
और,
फिर असफलता हाथ आई!
मृगतृष्णा क्या पानी देती है?
क्षणिक भ्रांति देती है।

फिर अशांति देती है,
कुछ ऐसी ही बात,
हो गई मेरे साथ,
एक क्वाँरी-सी कली !
उन्मुक्त-सी लली!
दो रतनारे भौंरों से,
गुलाबी कोरों से,
मधु लुटा रही थी!
अतृप्त-सी सुगंध,
इधर-उधर जा रही थी।
आन ही थी भली,
छल गया, यों अलि
उसी ओर दौड़ा,
देखा, वो कली,
पहले से ही, गा रही थी!
वो पाकर कली।
रुक गया, ये अलि।
और दूर से ही पास की,
अनोखी-सुविधा मिली।
दे दी जगह,
बस गई, वो कली,
दर्दों में,
आहों में,
टीस के साथ,
उभरती है,
क्या करे!
ये-अभागा अलि,
कहाँ जाए, किस गली?

इक अनजान सहेली,
मिली थी मगर!
न जाने कहाँ,
न जाने किस डगर!
वो गई थी चली।
ललचाए अधर,
ये! अधर रह गए!
अनखिली कली!
यूँ, कली! रह गई!
न जाने कहाँ,
वो महल ढह गए!
जिनमें अभी बैठकर
ताना बुना था!
जिंदगी का एक
तराना सुना था।
दिल की बातें कही थीं।
कुछ बहाना सुना था।
तब! मेरे दिल की,
कुछ-कुछ,
धड़कन बढ़ी थी।
वो धड़कन,
अभी तक बढ़ रही है।
क्या?
ये धड़कन ऐसी ही,
अकेले-अकेले,
धड़कती रहेगी
या धड़कती होगी?
नहीं, कभी नहीं,
निश्चय ही

उसके हृदय की धड़कनों में,
मानस, के घरों में,
भागदौड़ मची होगी।
एक बार उस अनबुझी,
प्यार की प्यास को,
बुझाने की
तमन्ना जगी होगी।

□

मिस पिंटो या डिसूजा?

(मैंने वर्ष 1981 में INS Mandovi, Goa में पहली बार OOD (Officer of the Day) की ड्यूटी करना सीखा। ऐसी ही एक ड्यूटी पर रात में मांडवी के सर्वोच्च अधिकारी का फोन आया। ध्यान देने योग्य है कि अधिकारी महोदय की आवाज काफी पतली थी। अधिकारी महोदय की विदाई के समय यह कविता सुनाई गई…)

OOD बनने का यह चौथा मौका था,
गार्ड रूम में सुहाने गद्दे पर सोया था।
रात बारह बजे क्वार्टर मास्टर[1] ने जगाया,
मेरे लिए किसी मैडम का फोन बताया।।

मैंने असमंजस में फोन का रिसीवर उठाया,
उधर से सुरीली हैलो की आवाज आई,
नींद उड़ गई, रक्त धमनी फड़फड़ाई।

मैंने पूछा—

आप मिस पिंटो हैं या डिसूजा ?
वहाँ से कड़क आवाज आई—
'सुबह ऑफिस में नं. 2[2] में आ जा।।' □

1. ड्यूटी पर तैनात नौसैनिक।
2. जब किसी अधिकारी को चेतावनी या फिर दंडित किया जाता है तो कमान अधिकारी के सामने No.2 ड्रेस में जाना होता है।

मुझे सुख न मिला

सोचा था दो महीने छुट्टी मिलेगी,
गाँव की देखने को मिट्टी मिलेगी।
खेत में भोली-भाली बिट्टी मिलेगी,
पढ़ने को दिल की चिट्ठी मिलेगी।।

लेकिन सारे महल जल्दी ही ढह गए,
सारे ख्वाब एक दरिया में बह गए।
दिल के अरमान बस अरमान रह गए,
गाँव खेतों में बस ठूँठ ही रह गए।।

क्योंकि—

समय पर हमको छुट्टी न मिली,
जब गया गीली मिट्टी न मिली।
हँसती हुई कोई बिट्टी न मिली,
पढ़ने को कोई चिट्ठी न मिली।।

सूखकर सारे खेत कट गए,
कटे हुए हिस्सों में बँट गए।
सूखी मिट्टी में दर्रे फट गए,
गाँव के दिल भी बँट गए।।

और मुझे सुख न मिला।

□

ख्वाबों के छंद

: 1 :

दिल खो बैठा मैं यादों में, यूँ बीते हुए मुकामों पर।
ज्यों नई रोशनी चमक उठी, सोई हुई मजारों पर।।

: 2 :

हवा के कागज पर मन की कलम से खींचा एक चित्र।
जिसके सहारे वर्तमान का कुछ समय बीत जाता है।।
जिस बात को कभी सोचा था, वह ख्वाब बन गया है।
ये अनदेखा ख्वाब रूपी चित्र, कितना है विचित्र।।

: 3 :

कल आज और आज, कल हो गया है।
सारा जमाना सुहाना ख्वाब बन गया है।।

: 4 :

ख्वाबों में डूबी ये जिंदगी ख्वाब देख रही है।
आहिस्ता-आहिस्ता सारी हकीकत खो रही है।।

: 5 :

मैंने लिखना चाहा दिल के कागज पर।
यादों की स्याही से, बीते नजारों पर, एक छंद।।
टूटी डाली पर एक पखेरू चहचहाया।
आसान नहीं है, ख्वाबों का लिखना, एक निबंध।।

□

क्या कहा? कुछ बात कह दूँ?

क्या कहा? क्या कहा? कुछ बात कह दूँ?
अपने जिगर का राज कह दूँ?
यह कभी मुमकिन न होगा दिल में बसी
फरयाद कह दूँ।
दिल मे उगे कुछ फूल उन पर शबाब बिखरा है।
हर कली इठला रही, उनका अजीब नखरा है।।
क्या कहा वो शबाब चख लूँ? यह कभी···

हर एक फूल शोला है, दिल की धधकती आग मे।
सच्चाई-गहरी रहेगी, दिल के दरिया बाग में।।
क्या कहा? सच्चाई की बात कह दूँ? यह कभी···

आँखो की आगोश में आँसू अंगडाई लेते है।
दिल की दहकती आग की चिनगारी से होते है।
क्या? वो चिनगारी पेश कर दूँ? यही कभी···

अरे ओ चाँद के टुकड़े तू ही मरहम लगा दे अब!
न दिल को चैन आता है, बहारें फिर आएँगी कब??
क्या कहा चाँदनी के होंट छू लूँ? यह कभी···

□

भृकुटि नहीं मिलती

मेरे होने वाले ससुरजी ने,
मेरी होने वाली पत्नी की कुंडली,
मेरी कुंडली से मिलाई।

बाकी तो सब ग्रह सही मिले,
भृकुटि नहीं मिल रही,
यह बात उभरकर आई।

इसके बावजूद मैने अपनी,
हिम्मत दिखाई।
लड़की देखने की इच्छा,
भाभीश्री को बताई।।

और जब मैं होनेवाली पत्नी के सामने आया।
तो तीखे नाक-नक्श देख दिल भर आया।।

भौंहों की बनावट से कमानी भी मात खा रही थी।
मैं सुध-बुध खो रहा था, और वह मुसकरा रही थी।।

और फिर शादी हो गई।

अब जब श्रीमतीजी का पारा ऊपर की ओर जाता है।
'भृकुटि नहीं मिलती' का मलाल स्वत: उभर आता है।।

शायद सभी पति-पत्नियों के साथ यही होता होगा।
किसी की ताल, किसी का स्वर नहीं मिलता होगा।।

इसी को साथ मिलाने का ही तो नाम जिंदगी है।
भृकुटि न मिले, दिल से दिल मिलाना जिंदगी है।।

□

पति, पत्नी और NWWA

‘NWWA की कहानी’

यह NWWA क्या है ? जानने का पूरा हक पाठकों का है। निश्चय ही हर व्यक्ति के मन में NWWA की कहानी जानने की इच्छा होगी, और इससे भी अधिक पति-पत्नी का NWWA से क्या संबंध है, जानने की उत्कंठा होगी। मैं पुस्तक के इस प्रखंड के माध्यम से NWWA का हमारे जीवन पर प्रभाव और समाज के प्रति उसके स्वीकारात्मक दृष्टिकोण भरे क्रिया-कलापों की जानकारी पाठकों तक पहुँचाने का प्रयत्न कर रहा हूँ।

NWWA का संपूर्ण रूप है—Naval Wives Welfare Association’ जिसे हिंदी में ‘नौसेना पत्नी कल्याण संघ’ कहते हैं। यह एक पूर्णत: गैर-सरकारी संस्था है, जिसका संचालन अधिकारियों एवं नौसैनिकों की पत्नियाँ करती हैं। संस्था का मुख्य उद्देश्य सभी महिलाओं को परिवार व समाज में खुशहाली बनाए रखने हेतु प्रेरित करना है। सामाजिक कुरीतियों के प्रति सतर्क रहते हुए अपने आस-पास के वातावरण को स्वच्छ, खुशनुमा एवं उत्साहवर्धक बनाने के प्रति जागरूकता पैदा करना भी NWWA के दायित्वों की कड़ी का अभिन्न अंग है। हर विवाहित अफसर व नौसैनिक की पत्नी इस संघ की सदस्य होती है। अत: जिस दिन एक नौसैनिक पत्नी अपने पति के पास किसी भी नौसैनिक स्थापना में आती है, उसी दिन वह इस संस्था की सदस्य हो जाती है। ज्ञात हो कि थलसेना और वायुसेना में भी इसी प्रकार की संस्थाएँ हैं, जिन्हें क्रमश: AWWA (Army Wives Welfare Association) तथा AFWWA (Air Force Wives Welfare Association) के नाम से जाना जाता है।

NWWA का इतिहास 1948 से शुरू होता है, जब नौसेना की कुछ महिलाओं ने अनौपचारिक रूप से संगठित होकर नौसैनिक परिवारों को सहायता करने का बीड़ा उठाया। लगभग दो दशकों तक इस संगठन ने समाज-कल्याण जारी रखा। फिर 27 जनवरी, 1967 को 'NOWA-Naval Officers Wives Association' 'नौसेना अफसर पत्नी संघ' की नाम से एक गैर-सरकारी संस्था के रूप में पंजीकरण हुआ। फरवरी 1986 में इस संस्था का नया रूप NWWA के रूप में उभरा। NWWA में सभी नौसैनिक पत्नियों को सदस्यता प्रदान कर इसके कार्यक्षेत्र का विस्तार किया गया। आज नौसेना के हर स्टेशन पर NWWA केंद्र सुचारू रूप से संचालित हो रहे हैं। NWWA में अनेको कल्याणकारी गतिविधियों एवं कार्यक्रमों का समावेश है। NWWA के कुछ प्रमुख क्रिया-कलापों का सूक्ष्म विवरण पाठकों की जानकारी हेतु दिया जा रहा है:

(क) आरोग्य : इस समूह में कार्यरत महिलाएँ बीमार लोगों की देखभाल करती हैं। समय-समय पर अस्पतालों में जाकर मरीजों से मिलकर उनकी तकलीफों से रू-बरू होकर उन्हें अपनेपन का एहसास कराती हैं। स्वास्थ्य कैंपों का आयोजन करना भी इस समूह का दायित्व है।

(ख) आशीर्वाद : बुजुर्गों के लिए समाज में एक अपनापन भरा वातावरण बनाना 'आशीर्वाद' में कार्यरत महिलाओं का मुख्य उद्देश्य है। NWWA का 'आशीर्वाद' समूह बुजुर्गों हेतु कार्यक्रमों का आयोजन कराता है, जिसमें बुजुर्गों का एकत्र होना, साथ मिलकर गाना-बजाना, भजन-कीर्तन, पिकनिक, Boat Ride आदि शामिल हैं।

(ग) बाल पाठशाला : घरेलू नौकरानियों के बच्चे, जो कमजोर आर्थिक स्थिति के कारण किसी विद्यालय में पढ़ने नहीं जा पाते, NWWA द्वारा संचालित बाल पाठशालाओं में पढ़ाए जाते हैं। बाल पाठशालाएँ पूर्णत: नि:शुल्क होती हैं और NWWA द्वारा इनका प्रबंध किया जाता है। NWWA की सदस्याएँ स्वेच्छा से अवैतनिक रूप से इन बच्चों को तहेदिल से पढ़ाती हैं।

(घ) Little Angles : यह Pre-Nursary स्कूल हैं, जो NWWA द्वारा संचालित किए जाते हैं। इन play centres में बच्चों के चतुर्मुखी विकास हेतु हर प्रकार की शिक्षा संबंधित खेल सामग्री उपलब्ध होती है।

(च) K G Schools : हर स्टेशन पर Naval K. G. School अवश्य

होते हैं। प्राय: इन स्कूलों के संचालन में NWWA का सक्रिय योगदान ही नहीं होता, अपितु शिक्षिकाओं के चयन एवं स्कूल के दिन-प्रतिदिन की गतिविधियों में पूर्ण सहयोग रहता है।

(छ) ब्लॉक प्रिंटिंग प्रेस : महिला सशक्तीकरण अभियान के अंतर्गत नौसेना के हर बड़े स्टेशन पर ब्लॉक प्रिंटिंग प्रेस का संचालन NWWA द्वारा किया जाता है। प्रिंटिंग प्रेस में महिलाओं को विभिन्न प्रकार की रचनात्मक प्रिंटिंग विधियों का प्रशिक्षण दिया जाता है।

(ज) Cuddles / पालना : नन्हे-मुन्हे बच्चों के लिए, जो Little Angles भी जाने लायक नहीं हैं और उनके माता-पिता दोनों कार्यरत हैं, NWWA द्वारा हर स्टेशन पर Cuddles या पालना संस्था चलाई जाती है। पालना में छोटे बच्चों की देख-रेख प्रशिक्षित महिलाओं द्वारा की जाती है। यहाँ सुपाच्य, स्वादिष्ट भोजन, सोने, खेलने-कूदने की व्यवस्था भी होती है।

(झ) छात्रावास : नौसेना के हर बड़े स्टेशन पर स्कूल-कॉलेज जानेवाली लड़कियों व लड़कों हेतु छात्रावासों की व्यवस्था में NWWA महत्त्वपूर्ण भूमिका निभाता है। बड़े शहरों में कार्यरत लड़कियों हेतु अलग से छात्रावासों की भी स्थापना NWWA की पहल पर हो रही है। इन सभी छात्रावासों में ऐसे लड़के-लड़कियों को प्रवेश दिया जाता है जिनके माता-पिता किसी अन्य स्टेशन पर स्थानांतरित हो गए हैं और वहाँ पर शिक्षा के उचित साधन नहीं हैं।

(ट) जागृति : नौसेना द्वारा चलाई जा रही शिक्षण संस्थाओं में अध्यापकों के चयन में, शिक्षा के प्रचार-प्रसार में तथा मेधावी छात्र-छात्राओं को छात्रवृत्ति प्रदान करने में NWWA हमेशा अग्रणी भूमिका निभाता है। नौसेना की शिक्षण संस्थाओं में NWWA की सक्रियता और अच्छे परिणामों के कारण इसने प्रेरणा स्रोत का काम किया है।

(ठ) कला केंद्र : मनुष्य जीवन के महत्त्वपूर्ण अंग मनोरंजन जिसमें नाच, गान, सांस्कृतिक कार्यक्रम, क्षेत्रीय नृत्य, लोकगीत, लोकनृत्य आदि को सीखने-सिखाने का कार्य 'कला केंद्र' करता है। इस केंद्र द्वारा NWWA के विभिन्न समारोहों में मंच पर कुछ-न-कुछ अवश्य प्रस्तुत किया जाता है।

(ड) प्रगति : नौसैनिक पत्नियों के आर्थिक रूप से स्वावलंबन हेतु जो समूह जिम्मेदार है, उसे 'प्रगति' कहा जाता है। इस समूह द्वारा महिलाओं को

'Learn & Earn' यानी 'सीखो और कमाओ' मंत्र के अंतर्गत कई कार्य सिखाए जाते हैं जैसे—सिलाई, कढ़ाई, बुनाई, हस्तशिल्प इत्यादि।

(ढ) प्रकृति : पर्यावरण को साफ, स्वच्छ एवं प्राकृतिक रूप में रखने तथा प्रदूषण से बचाए रखने हेतु NWWA द्वारा कई कदम उठाए जाते हैं। 'प्रकृति' समूह के द्वारा महिलाएँ निवास स्थान तथा आस-पास के क्षेत्र को आकर्षक एवं प्रकृति के सान्निध्य में पिरोने का काम करती है। समय-समय पर Nature walk तथा वनभ्रमण का आयोजन भी किया जाता है।

(त) सहारा : नौसेना में रहते हुए जिन अधिकारियों एवं नौसैनिकों का आकस्मिक निधन हो जाता है तो ऐसी प्रतिकूल परिस्थिति में एक विधवा को सहारा मिलता है NWWA से। 'सहारा' नाम की यह शाखा नौसैनिक विधवाओं के आर्थिक, समाजिक, शैक्षणिक सहारे एवं विकास हेतु हमेशा तत्पर रहती है।

(थ) सखी : पारिवारिक, समाजिक, आर्थिक परेशानियों में नौसैनिक पत्नियों को सलाह-मशविरा हेतु 'सखी' समूह महत्त्वपूर्ण भूमिका निभाता है। NWWA के इस समूह द्वारा मनोचिकित्सकों एवं मनोवैज्ञानिकों का भी सहयोग लिया जाता है।

(द) संचार : NWWA के क्रिया-कलापों की जानकारी जन-जन तक पहुँचाने के लिए नियमित रूप से हर सप्ताह या महीने में समाचार-पत्र का प्रकाशन किया जाता है। NWWA के हर क्षेत्रीय कार्यालय द्वारा वार्षिक पत्रिका का भी प्रकाशन किया जाता है।

(घ) समुद्री : नौसैनिक पत्नियों द्वारा तैयार किए गए विभिन्न प्रकार के सजावटी सामान, घरेलू चीजें, कढ़ाई किए हुए एवं सिले हुए कपड़े, परदे इत्यादि को बेचने की व्यवस्था 'समुद्री' द्वारा की जाती है।

(प) संकल्प : यह मानसिक रूप से अविकसित बच्चों की देख-रेख, उन्हें आम समाज में जोड़ने के प्रयत्न और उन्हें प्यार अपनापन भरे वातावरण देने हेतु एक मजबूत स्तंभ है। NWWA की यह संस्था सर्वोच्च कार्य कर रही है और इसका नाम 'संकल्प' है। नौसेना हमेशा NWWA के इस कदम की ऋणी रहेगी।

(फ) सौंदर्य : महिलाओं को बनने-सँवरने एवं उनकी सुंदरता में

निखार को नया आयाम देने के लिए NWWA द्वारा Beauty Parlours चलाए जाते है, जो काफी लोकप्रिय हैं।

(ब) स्पर्श : NWWA के इस समूह की महिलाएँ अनाथश्रम, वृद्धाश्रम के कल्याण हेतु कार्य करती हैं। कपड़े, बरतन, खाने-पीने की वस्तुएँ, खिलौने, रोजमर्रा के प्रयोग की चीज़ें इत्यादि इकट्‌ठाकर अनाथ बच्चों एवं परिवार व समाज से तिरस्कृत वृद्धों की सेवा में भेंट किए जाते हैं।

(भ) स्वास्थ एवं योग : NWWA की यह शाखा योग, प्राणायाम व ध्यान के साथ-साथ Arobic की कक्षाओं का आयोजन करती है। समय-समय पर स्वास्थ्य संबंधी विषयों पर विशेषज्ञों द्वारा ज्ञान वार्त्ताओं का आयोजन भी किया जाता है।

(म) NWWA/HUSBAND NITE : यह NWWA द्वारा आयोजित किया जानेवाला रंगारंग कार्यक्रम है। यह कार्यक्रम वर्ष में एक बार आयोजित किया जाता है, जिसमें सभी पति अतिथि होते हैं। NWWA की महिलाएँ नाच-गाने, प्रहसन, नाट्‌य, लोकनृत्य आदि से सबका मन मोह लेती हैं। कार्यक्रम में चार चाँद लगाने के उद्‌देश्य से कभी-कभी फिल्मी सितारों को भी आमंत्रित किया जाता है।

(य) Navy Ball : नौसेना सप्ताह कार्यक्रमों में Navy Ball का महत्त्वपूर्ण स्थान है। यद्यपि यह नौसेना का कार्यक्रम है, परंतु इस कार्यक्रम में NWWA परिवार की सभी सुंदरियाँ बढ़-चढ़कर भाग लेती है। Navy Queen का चयन किया जाता है। प्राय: Navy Ball में अतिथि के रूप में फिल्मी सितारों को भी आमंत्रित किया जाता है।

□

अफसोस

(जून 1982 में शादी के पश्चात् INS Mandavi, Goa में सर्वप्रथम मेरी पत्नी मेरे पास आई। नए जोड़े को NOWA ने एक पार्टी दी। उसी पार्टी में मुझसे अपनी पत्नी के प्रति प्यार जताने हेतु कुछ शब्द कहने के लिए कहा गया। मैंने जो कहा, उसे पढ़िए...)

हमें अफसोस कि अब कुँआरे न रहे,
जीवन के रंगीन नजारे न रहे।

पहले हर शाम किसी के नाम, नए जाम से शुरू होती थी।
अब हर सुबह बच्चे की शू-शू, बीवी की तू-तू से होवेगी।
तनहाई भरी नींद के जमाने न रहे,
हमें अफसोस है...

पहले शाम फिल्मों, रात महफिल, सुबह गानों से होती थी।
अब शाम शॉपिंग, रात गमगीन और सुबह तानों से होवेगी।
बिल चुकाने लायक जमाने न रहे,
हमें अफसोस है...

चाँदनी रातें, गुनगुनाते साए, भीनी-भीनी खुशबू अब खो गई है।
शबनमी आगोश, हमदम मोहब्बत, लगता अब बेगानी हो गई है।।

किसी भी आगोश के अब इशारे न रहे,
हमें अफसोस है...

कई वीणाएँ हमने झंकार हेतु छेड़ी थीं।
हृदय क्षितिज पर अठखेलियाँ खेली थीं।।
अब तो किसी वीणा के इकतारे भी न रहे,
हमें अफसोस है...

(इसके बाद सभी ने मेरी नवोढ़ा पत्नी से भी गाने की जिद की तो वह नए माहौल में घबराई हिरनी-सी इधर-उधर देखती हुई, मेरी तरफ निरीहता से निहारती हुई शायद स्वीकृति की याचना कर रही थी। मैंने सहमति में सिर हिलाया तो कुछ समय बाद उसकी कोकिल कंठी आवाज गूँजी तो मेरी हास्यपूर्ण कविता पता नहीं कहाँ खो गई। उसने सस्वर गाया...)

तूने ओ रंगीले कैसा जादू किया...
पिया पिया बोले मतवाला जिया...

बाँहों में छिपा के ये क्या किया...
पिया-पिया बोले मतवाला जिया...ओ रे ओ...

(गीत में निष्ठित आत्मीयता भारतीय नारी की पति के प्रति आस्था की प्रतीक है वह भी ठीक ऐसी कविता के बाद जो कि किसी नवविवाहिता के मन को विचलित कर सकती है। बस यही तो पति-पत्नी की प्रगाढ़ता का प्रतीक है।)

□

आकर्षक धोखा

(यह 1983 वर्ष में कोच्चि नेवल बेस में घटित सत्य घटना है। उन दिनों मैं लेफ्टिनेंट था तथा अपने ही पोत के प्रभारी अधिकारी की पत्नी को अपनी Moped पर Lift दी थी। यह वाकया मैंने पोत की एक पार्टी में सुनाया। आगे जानिए कैसे...)

मोपेड से मैं अकेला जा रहा था।
धीमी गति से उदास हो रहा था।।
देखा, रास्ते में एक षोड़शी जा रही है।
घुँघराले बाल हैं कमर लजा रही है।।
मैंने अपनी मोपेड तुरंत रुकाई।
कंबाइंड सीट पर सुंदरी बिठाई।।
जाने कहाँ से मोपेड में नई जान आई।
खचाड़ा पुरानी गाड़ी नें रफ्तार बढ़ाई।।
वह क्षणिक जिंदगी अजीज हो गई।
कुछ मिनट बाद सुंदरी उतर गई।।
जिंदगी में पहली बार ऐसा धोखा खाया था।
क्योंकि मैडम ने नया Hairstyle कराया था।।

□

नेवल अफसर की दास्तान

(नीचे के प्रसंग में वर्णित घटनाक्रम 100% सही है। बस मैंने थोड़ा मिर्च-मसाला लगाया गया है। मैं उन दिनों Lieutenant रैंक में INS Beas, (Cadet's training ship) पर तैनात था। घटना 1987 की है, जब Ship लंबे समय के बाद Kochi बंदरगाह लौटा था और अगले कुछ हफ्तों में Annual Inspection था। मेरे साथ वही हुआ जो इस उम्र के आम नौसैनिक अधिकारी के साथ होता है। यह वाकया मैंने पोत पर हुई एक पार्टी में सुनाया तो सभी के दो-दो पेट हो गए। जानिएगा...)

Colombo से जहाज अचानक लौटा था,
दो हफ्ते बाद घर जाने का ये मौका था।
घर पहुँचते-पहुंचते रात के 12 बज गए थे,
सारे पड़ोसी, सड़क के कुत्ते भी सो गए थे।।

सचमुच मेरी Wife मुझे देख चौंकी थी,
शायद मेरे आने की उसे आशा न थी।
आदत से मजबूर था मैं कुछ भी खा न सका,
Ship की उथल-पुथल घर में भुला न सका।।

घर में मैं उस रात डगमगाकर चला था,
नाहाते समय मैंने पाइप पकड़ रखा था।

सोने से पहले कुछ बातें करनी चाही,
किंतु श्रीमती की मीठी हिदायत आई।।

वैसे ही तुम बहुत डगमगा रहे हो,
शायद बहुत ही Sea Sick रहे हो।
थके माँदे हो तुम चुपचाप सो जाओ,
अपना चद्दर तानो, लंबे हो जाओ।।

कोई चारा न था, मिनटों में सो गया,
खुदा को याद कर सपनों में खो गया।
सबेरे जागा तो तोते उड़ गए थे,
सूर्य भगवान् छत तक चढ़ गए थे।।

मेरी घड़ी मे ठीक आठ बज रहे थे,
घर–बाहर के बच्चे स्कूल गए थे।
मैंने झटपट बीवी से प्यार जताना चाहा,
किंतु पूजास्थल से स्वर बेगाना आया।।

जल्दी नहा लो, तुम्हें देर हो गई है,
बेटी कब की स्कूल चली गई है।
शाम छुट्टी होते ही जल्दी घर आना है,
कैंटीन चलना है, शॉपिंग भी करना है।।

Dinner भी आज हम बाहर करेंगे,
समय मिलेगा तो पार्क भी चलेंगे।
Last Show देखकर ही घर लौटेंगे,
तभी तुम से प्यार भरी बातें करेंगे।।

मैं ठीक 4 बजे तैयार मिलूँगी,
तुम्हारे आते ही बाहर चलूँगी।
झक मारकर स्कूटर में किक लगाया,
बे-मन से मैं Both Watches[1] में आया।।

चार बजते ही Ex O[2] के पास आया,
Gunnery Style[3] में Salute बजाया।
फिर विनम्रतापूर्वक इजाजत माँगी,
उन्होंने एक लंबी-सी चिट थमा दी।।

इसे पूरा किए बिना घर नहीं जाओगे,
परेशानी यदि हो तो मुझे बताओगे।
ठीक साढ़े पाँच बजे घर पहुँच पाया था,
स्कूटर का Acelerator पूरा दबाया था।।

दरवाजे पर देखा बीवी खड़ी थी,
हाथ में पर्स था, बेचैनी बड़ी थी।
गुस्से से लाल मुखड़ा, ज्वाला भड़क रही थी,
लाल चेहरे पर लाल साड़ी खूब फब रही थी।।

मुझे देखते ही शेरनी सी बिगड़ पड़ी,
बहुत से बच्चों की भीड़ उमड़ पड़ी।
कैसे अफसर हो अपने को Punctual बताते हो?
समय से चले जाते हो तो क्यों देर से आते हो?

देर से आने की तुम्हें कीमत चुकानी होगी,
कैंटीन बंद हो गई, तुम्हें खुलानी होगी।
कल पंद्रह अगस्त है, बंद ही रहेगी,
16 अगस्त संडे है, दो घंटे खुलेगी।।

Cable पर उसी समय Film चलेगी,
सत्ररह को सोमवार है, बंद रहेगी।
अठारह को फिर कहीं और चले जाओगे,
इस बार भी गेहूँ पिसाना भूल जाओगे।।

ऊपर कहीं बातें उसने एक साँस में कह डाली,
मैंने चारों ओर भीगी बिल्ली-सी नजर डाली।
मैंने किसी तरह होठों से बुदबुदाना चाहा,
किंतु दुगने जोर से तूफान-जैसा आया।।

अगर ऐसे ही तुम यह नौकरी करोगे,
तो रोज-रोज ऐसी ही बेइज्जती सहोगे।
उधर Ship में, इधर मेरी बातें सुनोगे,
घर में पति न Ship में अफसर रहोगे।।

Outing तो दूर, खाना भी नहीं मिला,
आप ही बताएँ, किससे कहूँ ये गिला ?
तीसरे दिन घर में थोडी शांति आ गई,
किंतु उसी शाम मेरी सासो माँ आ गई।।

आते ही उन्होंने बेटी पर पूरा प्यार जताया,
उसे अपने संग, मुझे दूसरे कमरे में सुलाया।
और आजतक वह पूरा प्यार जता रही है,
मुझे रह-रहकर Ex `O' की याद आ रही है।।

अगर वह पहले दिन समय पर छोड़ देते,
तो शायद आज हम इतने मायूस न होते।

मेरी तरह न जाने कितने पति परेशान होते होंगे,
उनके जवाँ दिल के अरमान कहाँ भटकते होंगे।।

'NWWA' कुछ कार्यवाही कर ऐसे Ex 'O' पर नकेल लगाएँ।
पति-पत्नी का प्यार प्रतिपल पनपे, नौसेना में निखार आए।।

□

---

1. प्रातः कार्य प्रारंभ से पूर्व सभी का Roll Call.
2. Executive Officer, who is second in command of the Ship.
3. कड़क सलामी।

हिम्मत

एक दिन मेरे घर में हलचल मच गई।
सीधे पैर की चप्पल उलटे में चढ़ गई।।

झाँसी की बीबी मेरी, किचन से चीखी।
दौड़ती आई, मेरी टेबिल पर चढ़ गई।।

चेहरे पर पसीना-बेशुमार धड़कन, देख मैं भी घबराया।
मैंने मन में किसी बहुत बडे हादसे का अंदाज लगाया।।

दौड़कर फ्रिज से ठंडी बोतल ले आया।
चेहरे पर छींटे मारकर पानी पिलाया।।

कुछ मिनट बाद जब साँस थमने को आई।
चेहरे के भाव में थोड़ी तबदीली छाई।।

हिम्मत कर मैंने पूछा—क्या हुआ था?
तो आँखों में आँखे डालकर बोली—

'आटे के टीन में चूहा बैठा था'

□

एक गड़बड़ी दाढ़ी की

(यह वर्ष 1987 की वास्तविक घटना है। मात्र कविता का रूप दिया गया है। झाँसी के Cantonment Area में REWA CSD Canteen है, जहाँ पर सेना के जवान तैनात रहते हैं। यहाँ ध्यान देने योग्य है कि सेना या वायुसेना में अधिकारियों या जवानों को दाढ़ी बढ़ाने की अनुमति नहीं है। सेना के जवान सपने में भी नहीं सोचते कि फौज में कोई व्यक्ति बिना शेविंग किए रह सकता है-वह भी अधिकारी। इसी सोच का परिणाम क्या हुआ, जानिए! ज्ञात हो कि लेखक ने लेफ्टिनेंट के दिनों से ही दाढ़ी रखी हुई है)

वार्षिक छुट्टी के दौरान मैं झाँसी कैंटीन से,
सामान खरीदने जा रहा था।
गेट पर खड़ा संतरी कार-स्कूटरों,
की लाइन लगवा रहा था।।

देखकर बोला-अरे भाईसाहब आप कौन हैं ?
और कहाँ जा रहे हैं ?
मैंने कहा-फौजी हूँ और देखते नहीं हम,
CSD कैंटीन जा रहे हैं।।

थोड़ा तैश में आकर बोला–ऐ भाई,
ज्यादा चालाकी न दिखाओ।
अपना स्कूटर मोड़ो और यहाँ से
अभी रफूचक्कर हो जाओ।।

मैंने स्कूटर Stand पर लगाया और,
संतरी के पास आया।
बाकायदा गरदन में पहना हुआ
I-Card उसे दिखाया।।

कार्ड देखकर अचकचाकर बोला—
मुझे बुद्धू बनाते हो,
अंग्रेजी में कुछ भी लिखवाकर,
गले में लटकाते हो।।

मैं कहता हूँ, भाग जाओं नहीं तो
जेल हो जाएगी।
एक फोन करने पर यहाँ,
सेना पुलिस आएगी।।

एक तो गैर–फौजी, ऊपर से
फरजी पहचान बताते हो।
भले मानुष दिखते हो, क्यों,
ये हरकतें दिखाते हो।।

गड़बड़ देख वहाँ जाता हुआ एक मेजर आया।
मैंने अपना कार्ड उस मेजर को भी दिखाया।।

मेजर ने संतरी से कहा,
जाने दो, फौजी अफसर है।
संतरी नहीं समझ पाया,
कि ये क्या चक्कर है।।

कैंटीन से लौटकर जब मैं स्कूटर पर आया।
तो वही संतरी बाइज्जत मेरे पास आया।।

सैल्यूट करके बोला 'साब! आप तो नेवी के अफसर हैं'।
लेकिन माफ करके बताना, ये क्या अजीब चक्कर है?

कि अफसर होकर भी आप अपनी दाढ़ी नहीं बनाते हैं?
क्या आपके CO[1] आपको Line हाजिर नहीं कराते हैं?

मैंने मुसकराकर, नौसेना का दस्तूर बताया।
जवान मुसकराया, जोरदार सैल्यूट बजाया।।

□

1. Commanding Officer.

INS Beas का Tradition

(INS Beas, A Cadets Training Ship पर रहते हुए मैं Mar 1983 में एक पुत्री का और फिर 1988 एक पुत्र का पिता बना हूँ। दोनों के जन्म से संबंधित वास्तविकता पेश है...)

सन् 83 में मेरा Transfer, Beas पर आया,
जवानों, कैडिटों के साथ जी भर काम किया।
Ship के व्यस्त Routine में मन लगाया,
Inspection के बाद जहाज, Refit में आया।।

कैडिट चले गए, काम घट गया,
झख मारकर गृहस्थी में मन लगाया।
शीघ्र ही परिणाम सामने आया,
Ship's Coy को मैंने केक बँटवाया,

क्योंकि एक सुंदर बेटी का बाप बन गया था।

बात आई-गई हो गई, और मैं Transfer चला गया,
किंतु सन् 87 में मेरा Transfer फिर Beas में आया।

संयोग ऐसा बना, Ship फिर से Refit में आया,
फिर झख मारकर मैंने गृहस्थी में दिल लगाया।।

परिणाम वही हुआ, अब बेटे ने मुझे बाप बनाया,

किंतु इस बार मैंने केक के साथ खीर भी बँटवाई,
क्यों? अगर कोई बता दे, तो फिर बटँवा दूँगा!
बतानेवाले का नाम कविता में छपवा दूँगा।।

मुझे मालूम है, कोई नहीं बता पाएगा।
राज की बात है, कोई नहीं समझ पाएगा।

दोस्तों, खीर मैने इसलिए बँटवाई थी कि—

भगवान् करे कि अब मेरा Transfer Beas पर न आए,
हो सके तब तक जहाज Decommissioned हो जाए।
नहीं तो फिर मेरा यहाँ Transfer आएगा,
Ship शायद फिर से Refit में भी जाएगा।।

मुझे Ship का Tradition कायम रखना होगा।
निश्चय ही तीसरी बार मुझे बाप बनना होगा।।

जो कि मैं कम-से-कम इस जन्म में नहीं चाहता हूँ।

(और वास्तव में INS Beas दिसंबर 1992 में Decommission हो गया। वह बात दीगर है कि वर्तमान में एक नए पोत को इसी नाम से नवाजा गया है)

□

NDA में मिर्जा

(1989 में National Defence Academy, खड़गवासला में Husband-Night का आयोजन हुआ। मैं उन दिनों NDA में ही कार्यरत था। इस मौके पर Fancy Show में मैंने लखनवी अंदाज में नवाब मिर्जा का रूप बनाया। आगे क्या हुआ, पढ़िए...)

हजरतगंज में बैठा सुबह अखबार पढ़ रहा था,
बेगम की कुड़कुड़ाहट चाय के साथ पी रहा था।
अचानक नजर आली खबर पर आई,
इस सूखती रूह में झुरझुराहट छाई।।

NDA की बेगमें पति रात मना रही है,
जी भरकर शौहरों को छका रही है।
अपनी बेगम को ये खबर पढ़ाई,
तुरंत टैक्सी एयरपोर्ट दौड़ाई।।

सपने सँजोए, शाम लोहगाँव[1] आया,
पूछते-पूछते NDA गेट को पाया।
संतरी चिल्लाया-मियाँ क्या कर रहे हो ?
बगैर इजाजत कहाँ घुसे जा रहे हो ?

अमाँ यार, देखते नहीं, पति रात में जा रहा हूँ।
शरीफों की तरह एक बेगम साथ ला रहा हूँ।।

खैर, किसी तरह यहाँ मैं तशरीफ लाया,
गहमा-गहमी से मेरा दिल घबराया।
फिर अचानक मेरी बेगम खो गई,
न जाने कैसे भीड़ में खो गई।

अच्छा हुआ, सच्चाई बोल पा रहा हूँ,
निकाह के बाद आज मुँह खोल पा रहा हूँ।
मुझे तो शक है वह जानकर खोई होगी,
क्योंकि मेरी इस दाढ़ी से बोर हुई होगी।।

मैंने अपना दीदार इस मकसद से कराया,
कि आप जान जाएँ मिर्जा लखनऊ से आया।
और पति रात के रंगीन मंसूबे लाया था,
इसीलिए तो इकलौती बेगम को लाया था।।

किसी मनचले ने उसको लपक लिया है,
बेमुरव्वत नवाबी दाढ़ी को झटक दिया है।

फिर भी मुझे फिक्र नहीं, क्योंकि—

फौजियों पर नहीं, मुझे उनकी बेगमों पर भरोसा है,
अब तक के मेरे तजुरबे का तो यही नतीजा है,

कि घर आए मेहमान को वे गमगीन न होने देगी।
यकीनन खूबसूरत मेजबान ये दरख्वास्त सुन लेगी,

बेगम की तरह मुझे भी वह Kidnap कर लेगी,
मिर्जा के मिजाज अपनी बाँहों में ले लेगी। □

---

1. पूना के हवाई अड्डे का नाम

डॉक्टर और नर्स

(एक होली के अवसर पर Officers Mess में NWWA द्वारा Social Get Together का आयोजन किया गया था। इस अवसर पर एक चुटकुला सुनाया। पढ़िए...)

एक डॉक्टर ने एक खूबसूरत नर्स से कहा—
कितना अच्छा होता अगर तुम नर्स न होतीं ?

नर्स बोली—सर,
तो फिर बीमारों की हालत ठीक कैसे होती ?

डॉक्टर गहरी साँस लेकर बोला—
तुम्हारा कहना ठीक है बेबी,
तुम्हारे कारण से बीमार ठीक होते हैं,
लेकिन तुम्हें क्या मालूम।
कि कितने बीमार होते है ?

नर्स भी कम न थी, छूटते ही बोली—
सर! कितना अच्छा होता, अगर आप डॉक्टर न होते ?
तो दुनियाँ भर के मरीज हमारे-आपके बीच न होते।।

सुबह लोगों ने देखा—
नर्स के कमरे पर ताला पड़ा था।
Dispensary पर एक बोर्ड लगा था।
'डॉक्टर ने कुछ दिनों के लिए डॉक्टरी छोड़ दी।।' ☐

किस्सा कत्लेआम का*

पहला सफेद बाल जब मेरी दाढ़ी में उभर आया।
चुपचाप अपने हाथों उसका कत्लेआम कराया।।

किसी को कानोंकान खबर नहीं हुई।
दाढ़ी की जवानी कतई कम नहीं हुई।।

कुछ दिनों बाद दूसरा भी बाल आया।
पहले जैसा ही हाल उसका बनाया।।

इसी तरह कई बाल कुरबान हो गए।
हर एक बार हम बाल-बाल बच गए।।

आगे क्या हुआ ?

बरसात का मौसम था, बादल बरस रहे थे।
इतवार का दिन था, पड़ोसी सो रहे थे।।

इकलौती बेगम ने नई Hobby अपनाई।
धीरे-धीरे मेरी सारी दाढ़ी खुजलाई।।

---

* 1989 NDA Pune

मैडम ने इस Hobby को कई रोज दुहराया।
मेरे मन में कुछ-कुछ हुआ शक कुलबुलाया।।

कि कहीं ऐसा न हो कि कोई Proof मिल जाए।
हमारी कत्लेआमी का जिंदा सबूत मिल जाए।।

एक दिन हिम्मत कर पूछा—हे प्रिय,

इस सघन वन में, विरहन की तरह,
इधर-उधर क्यों भटक रही हो?

कुछ परेशान-सी लगती उद्विग्न हो,
तुम क्या कुछ खोज रही हो?

मैं कई दिनों से आपको समझ रही हूँ।
बरताब में Maturity अनुभव कर रही हूँ।।

किंतु Maturity का कोई Proof नहीं मिला।
बहुत ढूँढ़ा किंतु सफेद बाल नहीं मिला।।

मैंने पूछा—सफेदी का Maturity से क्या रिश्ता है?
रहस्य भरी बोली—सफेदी तो मेरे लिये फरिश्ता है।

मैंने इस बात का रहस्य जानना चाहा।
श्रीमती को बताने हेतु मैंने फुसलाया।।

बोली—

अपनी पड़ोसन इन बातों की Specialist है।
उसका नाम पूरी Colony में First है।।

उसने ही मुझे कुछ दिन पूर्व यह रहस्य बताया।
अपने पति की दाढ़ी का नया X-Ray दिखाया।।

और कहा—

सफेदी की Research अभी बिल्कुल Fresh है।
विदेशों में तो इसका बहुत अधिक Craze है।।

जिसकी दाढ़ी में हलकी-सी सफेदी होती है।
औरतों के बीच उसकी बड़ी इज्जत होती है।।

सुर्ख काली दाढ़ी में तो बचपना ही होता है।
सफेदी के बगैर जीवन पूर्ण नहीं होता है।।

ज्ञान प्राप्त होते ही मैंने अज्ञानता जता दी।
कत्लेआम की कहानी उसे सच-सच बता दी।।

खुशी के मारे वह चीखी-चिल्लाई।
मेरी नासमझी की खिल्ली उड़ाई।।

दूसरे दिन आफिस से जब घर आया।
ड्राइंग रूम में उपहारों का ढेर पाया।।

चहककर बोली—

किस्सा कत्लेआम का अपनी सहेलियों को सुनाया।
इस सुर्ख खबर ने सारी Colony में नाम कमाया।।

बहुत सारी औरतें मेरे घर आ गईं।
बधाई मुझे दी और मिठाई खा गईं।।

तुम्हारी दाढ़ी हेतु यह उपहार दे गईं।।

□

दिल्ली का दिल

(जनवरी से जून 1990 के दौरान मैंने IIT दिल्ली में समुद्र विज्ञान का कोर्स किया। शुरुआत में मैं नेवल अफसर मेस, कोटा हाऊस, शाहजहाँ रोड में रहा। जानिए जनवरी माह के दौरान दिल्ली की कड़ाकेदार सर्दी का प्रथम अनुभव...)

दो जनवरी सुबह का आठ बज रहा था।
सिटी बस से मैं IIT जा रहा था।।

बस के सभी यात्री बड़ी उदारता दिखा रहे थे।
2 की जगह 4, 3 की जगह 6 बिठा रहे थे।।

महिलाएँ भी लोगों को बुला रहीं थीं।
बड़े प्यार से उन्हें साथ बिठा रहीं थीं।।

बस का माहौल बहुत खूब फब रहा था।
ठंडी हवा का झोंका हड्डी हिला रहा था।।

मैंने अपनी निगाह इधर-उधर दौड़ाई।
ठंड से बचने की कुछ युक्ति सुझाई।।

तभी एक स्थूलकाय महिला ने फरमाया।
मुझे अपनी ओर आने हेतु हाथ हिलाया।।

वहाँ खड़े हुए आप क्यों जकड़ रहे हो?
दिल्ली की ठंड में नाहक अकड़ रहे हो।

आओ आप मेरी गरम गोदी में बैठ जाओ।
दिल्ली में जान देकर बदनाम न कराओ।।

मैंने सोचा, ये महिला मुझे गोद में बिठाएगी।
बैठे-ठाडे मेरी हँसी सारी बस में कराएगी।।

मैंने कहा—धन्यवाद, आप शौक से जाओ।
मेरी इस दाढ़ी पर मैडम जी रहम खाओ।।

वह छूटते ही बोली—

तेरी दाढ़ी पर ही तो रहम खाया था।
इसीलिए तो अपने पास बुलाया था।।

मुझे रहम करना तुमसे कहीं ज्यादा आता है।
मेरी साड़ी का शेड तेरी दाढ़ी से मैच खाता है।।

तुम्हारी दाढ़ी को आँचल में छिपा लेती।
तुम्हें और अपने को ठंड से बचा लेती।।

क्योंकि आज मैं अपना शॉल लाना भूल गई हूँ।

□

NWWA का सबक

(वर्ष 1991 के दौरान मैं NAS Kunjali, Colaba, Mumbai में कार्यरत था। यह एक Flying Unit है। काफी Night Flying होती थी और मौसम अधिकारियों की सीमित संख्या के कारण मुझे काफी जल्दी-जल्दी ड्यूटी करनी होती थी। इसी बीच पत्नी को NWWA में जाने हेतु सुगबुगाहट नहीं बल्कि अत्यधिक लालसा होती थी। बच्चे छोटे थे, मैं Marine Drive पर वसंत सागर में रहता था। ऐसे ही एक दिन क्या हुआ, पढ़िए¨)

मेरी इकलौती बीवी जिस दिन NWWA में आई।
निश्चय सयानी हुई और कुछ समझदारी छाई।।

बोली आज रात का खाना तुम्हीं बनाओगे।
बच्चों का होमवर्क आज तुम्हीं कराओगे।।
मैं तो Taxi पकड़ Navy Nagar जाऊँगी।
नासमझ औरतों को समझदार बनाऊँगी।।

मैंने कहा—बेगम, पहले अपनी समझदारी उघाड़ो।
NWWA के जोश का चढ़ा ये भूत तो उतारो।।

मुझे Night Flying Briefing में जाना है,
तीन घंटे पहले से पूरी तैयारी लगाना है।।

बोली—Night Briefing में तुम क्या करते हो,
जो मेरे से भी ज्यादा समय इसको दे देते हो ?
आज रात की Briefing में मैं भी चलूँगी,
झूठ और सच का मूल्यांकन करूँगी।।

अरे कैसा झूठ, कैसा सच, समझ नहीं आया,
मुसकाई और मुझे रहस्यपूर्ण तरीके से बताया—
कि NWWA में हमें ये भी सिखाया जाता है,
कूट-कूटकर हमारे जेहन में समाया जाता है।।

कि पति की आय और हरकतों पर नजर रखो,
कभी-कभी अचानक अनजाने कदम भी रखो।
ताकि जो आप कहते हैं, वही आप करते हैं,
का सही ज्ञान हो जाए, अतः साथ चलते हैं।।

मान-मनौवल, मिन्नतें सब धरी रह गईं,
Taxi में बैठकर वह NWWA चली गई।

मैं बच्चों के नखरे, होमवर्क व खाना पका रहा हूँ,
NWWA के उद्देश्य में कंधे से कंधा मिला रहा हूँ।।

□

जाट का ठाट

(फरवरी 1993 में NWWA, WR Mumbai के वार्षिक कार्यक्रम Husband Night की Theme थी–Harvest Seasons of India. मैंने एक हरियाणवी जाट की वेशभूषा में इस कार्यक्रम में भाग लिया। अपने परिचय में क्या कहा तथा MC द्वारा पूछे गए प्रश्न का क्या जवाब दिया, पढ़िएगा⋯)

मैं तो अपने खेत विच फसल काट रह्यो थो।
अपणी घरवाली संग खलियान उठा रह्यो थो।।

कि छैल-छबीली पड़ोसिन खबर ले आई⋯

नेवी वालियाँ पति रात को मेला सजा रही हैं।
अपणे-अपणे मरदों संग मिल फसल उगा रही हैं।।

मैंने महँगाई के जमाने में मन पक्को बनायो।
मेला के खर्चा खातिर अपणा बैल बेच आयो।।

यहाँ आके देखा सब गाँवन के सरपंच जरूर आए हैं।
बाइज्जत सजा-धजा के अपणी जोरू जरूर लाए हैं।।

भीड़ विच केऊ छोरा मारी जोरू ले भागो।
या ते मारे जीवन को घणो तजुरबा जागो।।

नेवीवाले ना उनकी घरवालियाँ बड़ी दिलेर होवे हैं।
घर आए मेहमान की खातिर जी-जान तक देवे हैं।।

इसलिए एक मेहमान मर्द नू मायूस न होणे देगी।
जैसा म्हारी जोरू संग हुआ, वैसा मारे संग कर देगी।।

प्रश्न : If you are given one chance to meet Miss Monika Levinske, how will you react?

उत्तर : मैं तो बस इतना कहूँगा, या जनानी थारे में ऐसा का होवे, जो मारी जोरू विच ना है। या जानन खातिर आपन संग बाजरा के खेत विच आजा।

□

स्टॉफ कोर्स के अनुभव

भारतीय रक्षा सेनाओं के हर अधिकारी का सपना होता है कि उसका चयन Defence Service Staff College (DSSC), Willington, Ootty से स्टॉफ कोर्स हेतु हो। Staff College में आकर हर अफसर अपने आपको गौरवान्वित महसूस करता है। नीलगिरी की पहाड़ियों की गोद में प्राकृतिक सौंदर्य कॉलेज की छटा में चार चाँद लगा देता है। Staff Course अपने आपमें एक महत्त्वपूर्ण उपलब्धि है ही, साथ ही एक वर्ष के लिए 'ऊटी' जैसी मनोरम पर्यटक स्थली पर रहना, जीवन-शैली में मधुरता भर देता है। मैंने वर्ष 1994-95 में 50वाँ स्टॉफ कोर्स किया। इस दौरान अपने जीवन के मधुर अनुभवों को हस्तलिपिबद्ध कर 'स्टॉफ कोर्स-एक सुखद अनुभव' नामक कृति DSSC के Chief Instructer (Navy) को भेंट की थी। इस कृति के कुछ रोचक अंश 'लॉकर नंबर' नामक कविता से लेकर 'पैकिंग का भूत' तक प्रस्तुत हैं।

□

लॉकर नंबर

मेरी बेगम ने एक दिन कहा, जरा बतलाओ।
ये लॉकर नंबर क्या होता, मुझे समझाओ।।

मैंने कहा, तुमने हिंदी फिल्में तो देखी होगी।
हीरोइन संग हीरो की तकदीर देखी होगी।।

फिल्म का हीरो जब कभी जेल में होता है।
उसके सीने पर एक नंबर लिखा होता है।।

ये लॉकर नंबर भी तो कुछ ऐसा ही होता है।
जो सीने को छोड़ हर जगह लिखा होता है।।

यहाँ हर एक की पहचान इसी नंबर से होती है।
लेन-देन, पूछताछ, चिठ्ठी-पत्री भी तो होती है।।

यहाँ तक कि दुकानदार इस पर उधार देते हैं।
नाम, रैंक बताने पर वो नाक सिकोड़ लेते हैं।।

इतना सुनकर वह रहस्यमयी मुसकाई।
ऊषा जैसी लाली गालों पर शरमाई।।

बोली, इस नंबर से मैं अपनी समस्या सुलझाऊँगी।
Happy Hours[1] के बाद तुम्हें जल्दी ढूँढ़ पाऊँगी।।

या फिर तुम्हारे लॉकर के पास खड़ी हो जाऊँगी।
रात में अगर न मिल सके तो सवेरे पा जाऊँगी।।

□

1. सप्ताह अंत यानी शुक्रवार के दिन Willington Gymkhana Club में दोपहर का समय। इस दौरान club में मदिरा आधी कीमत पर उपलब्ध होती है।

पहचान

पहली पार्टी हेतु मैने,
अपनी बेगम को सजाया।
पल्लू ठीक करके ब्लाउज,
पर 'नेम-टेव'[1] लगाया।।

तो बोली,
ये शोरूम मॉडल की तरह,
क्यों सजा रहे हो ?
ऊपर से ये 'प्राइज टैग'-सा,
क्या लगा रहे हो ?

मैनें कहा,
जिस मेले में,
हम लोग जा रहे हैं।
वहाँ पर तुम जैसे,
कई मॉडल आ रहे हैं।।
रंगीनी के कारण मुझे,
नशा जो हो जाएगा।

तो तुम्हें पहचानने में,
बड़ा काम ये आएगा।।

उसने कहा—पहले भी तो,
हम पार्टियों में जाते थे।
लेकिन इस तरह पहचान-पत्र,
तो नही लगाते थे।।

मैंने कहा, तुम्हारा Logic,
एकदम से सही है।
लेकिन क्या करें,
कॉलेज रीति यही है।।

और हाँ, पहले कहीं क्या
Happy Hour[2] होते थे
बेईमान मौसम में क्या
हम तुम कभी खोते थे ?

कॉलेजवालों ने बड़ा
सोचकर कदम उठाया है।
इसीलिए ये नेम-टेव,
तुम्हें भी लगाया है।।

□

1. स्टॉफ कॉलेज में महिलाओं के पहनावे के साथ 'नाम-पट्टिका' लगाकर पार्टी में जाने की प्रथा है।
2. 'लॉकर नंबर' कविता में वर्णित।

चहचहाहट

मैं I E[1] में अपना सर खपा रहा था,
बच्चों का कार्टून शो चल रहा था।
ड्राइंग रूम में बेगम बतिया रही थीं,
सहेलियों के संग चहचहा रही थीं।।

श्रीमती 'A' बोली—

रात-रात भर ये जाने क्यों जगते हैं।
कमरा बंद करके ऐसा क्या करते हैं।।

श्रीमती 'B' बोली—

शादी हुई तब से ऐसा पहली बार हुआ है।
मेरा शौहर, मेरे बिना सारी रात जगा है।।

श्रीमती 'C' बोली—

मुझे तो दाल में कुछ काला नजर आता है।
मेरा मियाँ किसी I E का बहाना बनाता है।।

श्रीमती 'D' बोली—

ये 'आई ई' हरजाई जाने कहाँ से आती है।
हर हफ्ते हमारा सुख-चैन छीन जाती है।।

श्रीमती 'E' बोली—

अच्छा हुआ मेरे घर अभी तक नहीं आई है।
मेरे पति ने रात पड़ोसी के घर बितायी है।।

श्रीमती 'F' बोली—

गनीमत है इनके साथ एक ही 'आई' आती है।
बाकी दो से मुलाकात कॉलेज में हो जाती है।।
सोचो तो अपने पति की क्या हालत हो जाती।
अगर SI[2] और CI[3] भी साथ अपने घर आतीं।।

श्रीमती 'G' बोली—

क्या कोई कभी बताएगा ऐसा क्यों होता है?
मेरे Hubby का हर हफ्ते रतजगा होता है।

श्रीमती 'X' ने बताया—

बस एक ही उल्लू[4] काफी था,
बरबाद गुलिस्ताँ करने को।
हर कोट पर उल्लू बैठा है,
सोचो तो पति का क्या होगा?

श्रीमती 'Y' ने सुझाया—

जरूर कोई समझदार उल्लू रहा होगा।
उसी ने तो ये नेक निर्णय लिया होगा।।
हमारी साड़ी पर हमारा नाम ही लगाया है।
नाम के साथ देखो, उल्लू नहीं बैठाया है।।

श्रीमती 'Z' ने समझाया—

Coffee Morning[5] Meeting बुलानी होगी।
बहुमत से Resolution पास करानी होगी।।
हमारी 'नेम-टेव' पर भी उल्लू बैठाया जाए।
पति से कंधा मिलाकर चलना सिखाया जाए।।

□

---

1. Individual Exercise.
2. Senior Instructor.
3. Chief Instructor.
4. 'उल्लू' स्टॉफ कॉलेज का प्रतीक है और हर अधिकारी की नेम-टेव पर बना होता है। किंतु पत्नियों कि नेम-टेव पर उल्लू नहीं बना होता है।
5. महीने में कम-से-कम एक बार सभी पत्नियों के मिलन की रस्म, जिसमें चाय-पानी के साथ ज्ञानवर्धक, मनोरंजक कार्यक्रम के साथ गपशप भी होती है।

घुड़सवारी का शौक

देखा-देखी दूसरों की, मेरी श्रीमती ने फरमाया।
सुनो जी, मुझे घुड़सवारी का शौक चढ़ आया।।

मैंने सोचा—

बुखार चढ़ता तो Crocin से उतर जाता।
ये मुआ शौक बिना घोड़े के नहीं जाता।।

मैंने कहा—घर बैठे अपनी शामत को क्यों बुलाती हो?
कुमुदिनी कैसी कोमल काया को क्यों बिगड़वाती हो?

तो बोली—

तुम तो हरदम कोई-न-कोई बहाना बनाते हो।
मुझे Adventure में आगे नहीं आने देते हो।।

तुमने भी तो शादी में घोड़ी पर सवारी की थी।
इसीलिए खुशी से मैंने तुम्हें वरमाला दी थी।।

आखिर किस वजह से मुझे मना कर रहे हो?
घोड़े पर चढ़ूँगी, इसीलिए क्या डर रहे हो?

कोई मुझे खुश होकर वधूमाला दे देगा।
या फिर 'कमांडेंट' प्रशंसा पत्र दे देगा।।

मैने सोचा, ऐसा हो जाए तो प्रसाद चढ़ाऊँगा।
लेकिन हड्डी टूटी बीवी को कैसे खिलाऊँगा।।

आए दिन यहाँ कमर, गरदन या टाँग टूट जाती है।
किसी-न-किसी गले में नई Sling लटक जाती है।।

कुछ भी हो यारों वो अस्तबल चली गई।
हमारी नसीहत घर पर ही धरी रह गई।।

सर मुँड़ाते ही ओले की कहावत सच हो गई।
श्रीमती के घोड़े की दुर्घटना की खबर आ गई।।

मैंने कार का Accelator जी भरकर दबाया।
चंद मिनटों में दुर्घटना-स्थल पर आया।।

देखा घोड़ा नीचे पड़ा कराह रहा है।
Veterinary Doctor उसे निहार रहा है।।

कुछ दूर खड़ी श्रीमती मुसकरा रहीं थीं।
मानो कि वो मेरी खिल्ली उड़ा रही थीं।

कि तुम भी तो इसी तरह कराह जाते हो।
जब भी कभी मेरे साथ हुज्जत लड़ाते हो।।

मैंने पूछा—डॉक्टर इस घोड़े को क्या हुआ है?
बोले—बुरा न मानें Madam से डरा हुआ है।।

हमारे इन घोड़ों पर इन्हें रहम करना चाहिए।
घोड़े पर नहीं, हाथी पर सवारी करना चाहिए।।

□

गोल्फ की बीमारी

स्टूडेंट अफसर जब नए-नए आते हैं।
धीरे-धीरे Golf के शिकार हो जाते हैं।।

ज्यादातर DS[1] इसके Carrier होते हैं।
Ist Tutorial से ही वो Virus देते हैं।।

Coffee Break या Get Together हो यारों।
चर्चा इसी की होती है, सुन लो समझदारों।।

SI[2], CI[3] भी पीछे नहीं रहते हैं।
Interview में भी चर्चा करते हैं।।

कि कोई-न-कोई खेल आजमा लो।
हो सके तो Golf को ही अपना लो।।

ज्यादातर पुराने या Half Set लेते हैं।
Brand New लेनेवाले बाद में रोते हैं।।

मैं कल तक इससे अछूता बचा था यारों।
जब मेरी बेगम ने मुझसे कहा था यारों।।

मेरी सहेलियों में मेरी नाक न कटवाओ।
DSOP[4] निकालो और Golf Set ले आओ।।

मैंने कहा—Golf से नाक का क्या रिश्ता है?
तो बोली—Golf ही तो तुम्हारा फरिश्ता है।।

Golf खेलनेवालों की पहचान बड़ी बनती है।
जीवन में हर समय सफलता साथ चलती है।।

यहाँ पर Coffee Morning के Topics यही होते हैं।
कि किसके Husband से कितने Hole[5] होते हैं।।

□

1. Directing Staff.
2. कविता 'चहचहाहट' में वर्णित।
3. कविता 'चहचहाहट' में वर्णित।
4. Defence Services Officers Provident Fund.
5. Golf के खेल में गेंद को कम-से-कम hit के साथ Hole में डालना जीत का प्रतीक है।

"Strategy of Intervention"

(Staff College में Strategy of Intervention का जब Capsule Course होता है तो अधिकारी लोग देर रात तक कॉलेज में कार्यरत रहते हैं और आधी रात के आस-पास ही घर लौट पाते हैं)

गोरखा हिल[1] में एक दंपत्ति झगड़ रहा था।
निश्चय पत्नी का ऊँचा स्वर कह रहा था।।
सुना है तुम Strategy of Intervention पढ़ रहे हो।
इसीलिए कुछ दिनों से तुम Tension कर रहे हो।।
रात के बारह बजे बाद मेरी घंटी बजाते हो।
मेरी सुहानी नींद में अपनी टांग अड़ाते हो।।
मेरी निजी जिंदगी में दखलंदाजी होती है।
कॉलेज के कारण मेरी रात बरबाद होती है।।
मुझे भी अब कॉलेज में Intervene करना होगा।
कुछ भी हो जाए अब तो आगे ही बढ़ना होगा।।
कि कॉलेज अगर पतियों को रात में बुलायेगा।
वहीं खाना-पीना और गर्म बिस्तर[2] दिलाएगा।।

□

---

1. Under Trainees Officers की निवास कालोनी।
2. Willington में पूरे वर्ष ठंड पड़ती है।

नौसेना में पत्नी सहित प्रथम पार्टी में पति (संदर्भ कविता 'अफसोस')

कविता 'NDA में मिर्जा' के अवसर पर

कविता 'जाठ का ठाठ' के अवसर पर

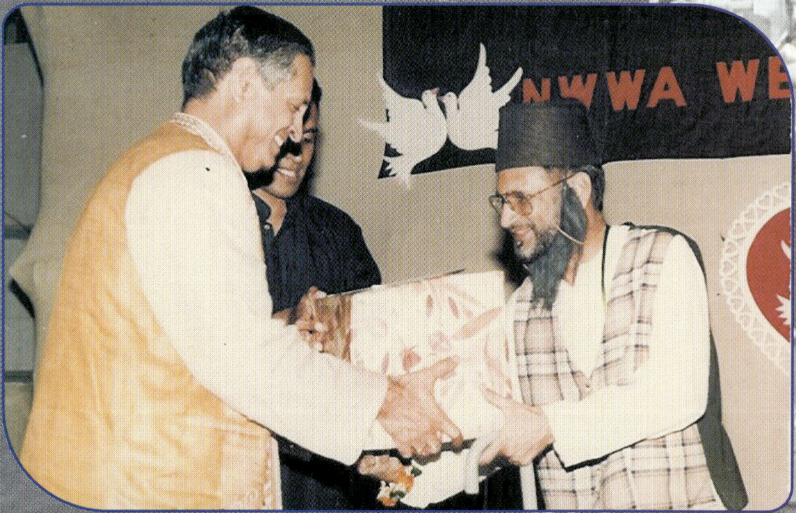

Best Husband का तोहफा प्राप्त करते हुए

कविता 'वरुणा मेस में विश्वामित्र' के अवसर पर

फिल्म शोले के रहमान चाचा
(NWWA Nite-2008)

पंडित के रूप में मंच पर
(NWWA Nite-2009)

Fancy Dress Show में सिख के रूप में

कविता 'जोश जवानी का' के अवसर पर हिंदु-मुसलिम वेषभूषा में

नौसेना के विभिन्न
कार्यक्रमों की
झलकियाँ

जीवन में उमंग
फिल्मी सितारों संग

जीवन के रंग
पति-पत्नी संग

नौसेना के विभिन्न
कार्यक्रमों की
झलकियाँ

जीवन के रंग
पति-पत्नी संग

जीवन में उमंग
फिल्मी सितारों संग

नौसैनिक जीवन की *Social Evening* का एक दृश्य

नौसैनिक जीवन में सांस्कृतिक संध्या का एक दृश्य

NWWA के कार्यक्रम का एक दृश्य

सांस्कृतिक कार्यक्रम का एक दृश्य

एक सपना

स्वास्थवर्धक जलवायु का ऐसा असर होता है।
Ladies का शारीरिक विकास चतुर्मुखी होता है।।

गली-गली, घर-घर में चर्चाएँ ये होती हैं।
दिन-दूनी रात चौगुनी वजन वृद्धि होती है।।

क्या करें Evening Walk काम नही आती है।
पसीना निकल जाता है, भूख बढ़ जाती है।।

Dieting करने की अब हिम्मत कम पड़ती है।
उम्र का असर है, चाय भी बहुत चलती है।।

संतोषी माता के व्रत अब काम नही आते हैं।
गुड़-चने के साथ वो मिठाई भी खिलाते हैं।।

लेकिन हमारे घर गंगा उलटी बहती है।
कवि की कविता कोरी कल्पना रहती है।।

लाख कोशिश की, श्रीमती वजन न बढ़ा पाई।
स्वास्थवर्धक जलवायु कविता में घुस आई।।

मेरी डायरी का मोटापा बढ़ता चला गया।
Dissertation[1] का भूत मुझे छेड़ता चला गया।।

किसी तरह क्रिया-कर्म करके घर आया था।
दूसरे ही दिन DS I/C[2] ने मुझे बुलाया था।।

बोले Dissertation में कविताएँ कैसे आईं हैं।
लिखते समय तुमने क्या कुछ पैग लगाईं हैं।।

करेला और नीम चढ़ा कहावत कर डाली है।
कविताएँ, वह भी हिंदी में लिख डाली हैं।।

देखा तो कॉलेज पर ही कविताएँ लिखी थीं।
कलम की करतूत की कहानी ही दिखी थी।।

मैंने कहा—

आप क्यों भाषा की बात पर जाते हैं।
राष्ट्रभाषा पर क्यों अंकुश लगाते हैं?

मेरा यह शोध कार्य क्या Original नहीं है।
कविताएँ क्या कभी किसी ने लिखी हैं?

देखा, मद्रास यूनिवर्सिटी ने तारीफ भी की है।
सपने में मैंने 'लेनटेन[3]' ट्रॉफी भी तो ली है।।

□

1. Staff Course के दौरान लिखा जाने वाला शोध पत्र।
2. Directing Staff - in - Charge.
3. सबसे उत्तम शोधपत्र को दी जाने वाली ट्रॉफी।

पैकिंग का भूत

(अप्रैल 1995 में DSSC Willington से Transfer के समय)

अभी तो जाने हेतु एक माह बाकी था।
Tutorial Break का Monday साक्षी था।।

मैं बालकनी में कोई कविता कह रहा था।
पूजाघर में श्रीमती का स्वर चल रहा था।।

स्वर अचानक आँधी जैसा मेरे पास आया।
बेसुरा लगने लगा, ज्यों बादल गड़गड़ाया।।

घर-घर में पैकिंग का काम चल रहा है।
और तुम्हें गाने का ये शौक चढ़ रहा है।।

अरे उठो अभी अपनी ये किताबें उठाओ।
एक-एक करके इन्हें बक्सों में सजाओ।।

मैंने कहा—प्रिये ये मौसम अति सुहाना है।
ऊटी की वादियों में फिर नहीं आना है।।

आओ पास बैठो सुर सरिता को सजाओ।
मेरे लिखे गीत अपने होंठों में रचाओ।।

जीवन का अस्तित्व इन्हीं छणो में समाया है।
मीरा, राधा ने इन्हें गली-गली में गाया है।।

बोली—कृष्ण के क्या कभी Transfer होते थे?
इसीलिए वो राधा के अति प्राणप्रिय होते थे।।

□

कंप्यूटर का कमाल

(हलके-फुलके हास्य-व्यंग्य को NWWA की Parties में अच्छी खासी तवज्जो दी जाती है। ऐसे ही एक मौके पर हास्यपूर्ण रचना लिखी।)

एक कंप्यूटर Expert अपनी Fiancy लाया।
AC Room में Latest Computer दिखाया।।

यह Super Computers में से एक है।
प्रश्नों के जवाब देने में अधिक तेज है।।

आप कोई भी प्रश्न पूछ सकती हैं।
अपनी किसी शंका से छूट सकती हैं।।

लड़की कम न थी, चालाकी दिखाई।
प्रश्न पूछकर उसने होशियारी बताई।।

उसने पूछा—मेरे पापा इस समय क्या कर रहे हैं?
जवाब आया—मूनलाइट बार में व्हिस्की पी रहे हैं।।

लड़की बोली—ये तो कभी सच हो ही नहींसकता।
पहली बात मेरा पिता व्हिस्की पी ही नहीं सकता।।

दूसरी बात अगर वह होते तो हो सकता है।
स्वर्गवासी पिता कैसे व्हिस्की पी सकता है।।

Expert की Prestige का प्रश्न था।
विश्व में इस कंप्यूटर का रिकॉर्ड है।।

जवाब गलत हो ही नहीं सकता।
हाँ, उसी प्रश्न का दूसरा भी प्रकार है।।

आप अपनी माँ के पति की बात पूछे।
शायद कंप्यूटर की भाषा प्रश्न छू ले।।

प्रश्न करने पर जवाब आया।
पढ़कर युवक दीपक चकराया।।

आपकी माँ के पति स्वर्गवासी हो गए हैं।
चार साल पहले अप्सराओं में खो गए हैं।।

किंतु आपके पिता इस समय जी रहे हैं।
मूनलाइट बार में वो व्हिस्की पी रहे हैं।।

इस जवाब से युवती भी सकुचाई।
चेहरे की भावना रूमाल से छिपाई।।

उसने पूछा—अगर ऐसा सच है, तो मेरी जिंदगी का क्या होगा?
दीपक के साथ मेरे अपने सुनहरे भविष्य का रूप क्या होगा?

जवाब आया—

तुम्हारी स्वस्थ संतान पेट में पल रही है।
उसकी बड़ी बहिन K.G. में पढ़ रही है।।

और एक भाई कहीं और दूध पी रहा है।
इस तरह से तुम्हारा भविष्य जी रहा है।।

हमारा हरेक जवाब सौ प्रतिशत सही हैं।
इन दोनों की दीपक से Euqation वही है।।

जो मैंने तुमसे तुम्हारे पापा के बाबत।
थोड़ी देर पहले स्पष्ट रूप में कही है।।

अब दोनों का चेहरा देखने लायक था।

□

जोश जवानी का

(यह कविता 05 मार्च 1994 को Husband Night, WNC Mumbai पर मैंने सुनाई थी। इस अवसर पर मैं पुरस्कृत भी हुआ था। मैं आधा हिंदू, आधा मुसलमान का वेश बनाकर मंच पर गया था)

जवानी के जोश में दोस्ती बनाई थी।
एक लड़की हिंदू, दूसरी मुसलिम पटाई थी।।
खूब मौज-मस्ती की, फिर निकाह पढाया था।
कुछ महीनों बाद गंधर्व विवाह रचाया था।।

जुम्मे रोज मस्ज़िद, मंगल मंदिर जाता था।
हलवा पूड़ी कभी मुग़लई चिकन खाता था।।
लेकिन यह सब ज्यादा दिन चल नहीं पाया।
मेरा इकहरा बदन वह सब सह नहीं पाया।।

मुझे यह शरीर बाँटना पड़ गया है यारों।
आधा हिंदू, आधा मुसलमाँ हो गया यारों।।
सुना है नेवीवाले बड़े देशप्रेमी होते हैं।
सचमुच उनके शरीर हिंदुस्तानी होते हैं।।

निश्चय ही उनको ऐसा बीवियाँ बनाती होंगी।
पति रातें मनाकर उन्हें खूब छकाती होंगी।।
ऐसा ही सोचकर मैं यहाँ चला आया हूँ।
सीमा और सलमा को घर सुला आया हूँ।।

हिंदुस्तानी दिल मेरा छटपटा रहा है।
इस दकियानूसी लिबास में हड़बड़ा रहा है।।
मुझे यकीन है मेरी मेजबान मुझे मायूस न होने देंगी।
रात ढलने से पहले मुझे हिंदुस्तानी बना लेंगी।।

□

पर्यावरण सदस्य*

Headquarters में मैंने पहला कदम ही रख पाया था।
Environment Member बनने का फरमान आया था।

फोन-पर-फोन ऑफिस में आ रहे थे।
अनजाने प्राणी मुझे बधाई दे रहे थे।।

दूसरे दिन फोन की भाषा बदल गई थी।
बधाई नहीं, शिकायत जो मिल रही थी।।

श्रीमती `A' Pure Vegetarian थीं, लगाएँ कह रही थीं।
मछली की बू से उनकी बिल्डिग महक रही थी।

बोलीं—बबेलेजी सीधे यहाँ पर चले जाओ।
पर्यावरण दूषित है, कुछ-न-कुछ कर जाओ।।

श्रीमती `B' बेचारी Ground Floor में रह रही थीं।
रह-रहकर Telephone पर मुझसे कह रही थीं।।

* मई 1995 - HQ,WNC,Mumbai

ऊपरवाले न जाने कैसा-कैसा कचरा गिराते हैं।
उड़-उड़कर मक्खी-मच्छर मेरे ही घर आते हैं।।

आप आकर इन्हें कुछ रहना सिखा जाएँ।
पर्यावरण साफ रखें इतना तो बता जाएँ।।

श्रीमती `C' की कार किसी के कुत्ते को भाती थी।
कुत्ते की मालकिन अँधेरे में जाने कब आती थीं।।

तंग आकर उन्होंने उस महिला को पकड़ना चाहा।
किसका कुत्ता आता है, पकड़ने का Plan बनाया।।

कहा रात भर आपको मेरी कार में रहना होगा।
अँधेरे में कुत्ते की मालकिन को पकड़ना होगा।।

बार-बार मेरे पास Telephone आते हैं।
बबेलेजी आप कुछ क्यों नहीं कराते हैं।।

एक दिन हद हो गई, मेरी श्रीमती जी ने फरमाया।
ऑफिस से आते ही मुझे सीधा बाथरूम में घुसाया।।

बोलीं—

Camay से नहाकर तुम्हें Bruit Powder लगाना होगा।
King Cobra Perfume से तुम्हें दो बार नहाना होगा।।

बोलीं दुनिया भर की औरतें हमें ताने सुनाती हैं।
मुझे Environment Member की बीबी बताती हैं।।

बबेले तो 'पर्यावरण' के बहाने जो बनाता है।
Office से गायब हो न जाने कहाँ जाता है।।

ऊपर से उसके पसीने से बहुत बदबू आती है।
ना जाने कैसे मिसेज बबेले साथ रह जाती हैं।।

☐

अज्ञातवास*

(वर्ष 1996 में NWWA (WR) ने वार्षिक दिवस मनाने की जिम्मेदारी NAS Kunjali को सौंपी थी। कुंजाली की महिलाओं ने कमान अधिकारी से लेखक के सहयोग की माँग की, ताकि वह 'वहाँ' के कार्यक्रम को दिशा-निर्देशन दे सकें। फिर क्या था, वार्षिक छुट्टी मिले-न-मिले, NWWA के लिए मुझे ऑफिस में आना जरूरी नहीं था। आगे पढ़िए...)

पांडवों ने महाभारत में एक वर्ष अज्ञातवास में बिताया था।
इतिहास गवाह है अप्सरा का श्राप अर्जुन के काम आया था।।

एक वर्ष वो उत्तरा को पट्टी पढ़ाते रहे।
मृदंग और घुँघरु में खुद को नचाते रहे।।

मुझे पता नहीं किस सुंदरी का श्राप आया था।
CO साहब ने जब मुझे Office में बुलाया था।।

बोले, बबेले Ladies तुम्हारी सहायता चाहती हैं।
शायद वे तुमसे कुछ नाटक कराना चाहती हैं।।

---

* 1996-NAS Kunjali

मैंने सोचा—अर्जुन जैसा स्वर्ग में जा रहा हूँ।
अप्सराओं संग कुछ मधुर प्रसंग पा रहा हूँ।।

और दोस्तो—

देखते-देखते मेरा अज्ञातवास हो गया।
मैं अपने घर और ऑफिस से खो गया।।

दिन हो या रात मुझे एक लक्ष्य नजर आता था।
चिड़िया की आँख की तरह नाटक दिखाता था।।

तरह-तरह से स्वयं को महिला समझना होता था।
तो स्वयं को पति होने पर बड़ा तरस आता था।।

एक दिन श्रीमती 'A' ने मुसकाराकर फरमाया।
Ladies का यह गुण तुम्हें कैसे समझ आया।।

मैंने कहा—सुंदरी मैंने आपसे ही सीखा है।
कल आप बतिया रही थीं वहीं से खींचा है।।

दूसरे दिन से सारी मंडली चुपचाप बैठी थी।
प्रत्येक सुंदरी अपनी किसी धुन में ऐंठी थी।।

कि कही बबेले रूपी बृहन्नला कोई तीर न छोड़े।
और अपने गांडीव से पितामह के कान न छूलें।।

कुछ भी हो, मैंने अज्ञातवास का पूरा फायदा उठाया है।
भीष्म पिता से लेकर सुभद्रा तक को खूब छकाया है।।

पत्नी घर पर दिया जलाए भगवान् से कहती है।
कि हे प्रभु बचाना! जो आत्मा बबले में रहती है।।

सच कहूँ अगर पत्नियों का पूर्ण सहयोग न होता।
शायद NWWA आज अपने इस रूप में न होता।।

हमेशा अपनी पत्नियों का शुक्रगुजार रहना है।
यही सच्चा जीवन है, धर्मग्रंथों का कहना है।।

कहने को जीवन पल दो पल का होता है।
हर पल जीवन जी सके विरला वो होता है।।

□

प्रश्नोत्तर

(Western Naval Command, Mumbai, Husband Night-1998 की महिला MC सभी Fancy Dress प्रतियोगियों से प्रश्न कर रही थीं। प्रश्नों की भाषा अंग्रेजी थी और मैं एक देहाती वेशभूषा में था। वार्तालाप पढ़ें...)

ये 'नाजनीन' खूबसूरत जनाबेआली,
आप अपनी हर बात क्यों फिरंगी जबान में बताती हैं?
हमारे साथ इन हजारों नौजवानों का दिल दुखाती हैं।
इल्तज़ा है अगर आप हिंदुस्तानी जबान पर आएँ।
तो शौक से अपनी गुफ्तगू का पूरा लुत्फ उठाएँ।।

प्रश्न : That means, you do not understand English?

उत्तर : हुजूरेवाला! गौर फरमाइए।
हम फिरंगी जबान तो बहुत अच्छी तरह सें समझते हैं।
लेकिन अपनी जबान बोलने में बड़ी इज्जत समझते हैं।।
उम्मीद नहीं भरोसा है हर हिंदुस्तानी यही समझता होगा
गुजारिश है आपका अगला सवाल हिंदुस्तानी में होगा।।

प्रश्न : कैसी पत्नी पसंद करोगे—सुंदर, धनी या अक्लमंद?

उत्तर : सत्य है कि खूबसूरती तो बस Skin Deep होती है।
और धन-दौलत कहते हैं कि हाथ का मैल होती है।।
हाँ, अक्लमंदी की गहराई कोई नाप नहीं पाया है।
इसीलिए पढ़ी-लिखी बीवी पर मेरा दिल आया है।।

प्रश्न : अच्छी पत्नी व अच्छी माशूका में फर्क क्या है?

उत्तर : अच्छी माशूका वही है जिसकी भनक बीवी तक न आए।
और अच्छी बीवी वह है जो ऐसी माशूका बनकर दिखाए।।

प्रश्न : अगर एक दिन के लिए PM बना दिया जाए?

उत्तर : चाहूँगा कि इस देश की जनानियाँ ऐसी ही शौहर रातें मनाती रहें।
अपने-अपने शौहरों की प्रेमिका बन दिन-रात छकाती रहें।।
जरूरी होगा कि Family Planning के तरीके अपनाए जाएँ।
कम-से-कम आबादी के साथ हम इक्कीसवीं सदी में जाएँ।।

प्रश्न : पति और पत्नी के बीच सबसे जरूरी क्या है ?

उत्तर : अगर हम एक-दूसरे के प्रति सच्ची वफादारी निभाएँगे।
तो निश्चय ही जीवन में खुशहाली व सुख-चैन पाएँगे।।
अन्यथा जिंदगी जीना भी दुश्वार हो जाएगा।
AIDS जैसा शैतान हमें कच्चा चबा जाएगा।।

प्रश्न : Best Husband बनने पर कोई एक इच्छा बताएँ?

उत्तर : इसी Stage पर Navy Ball में Queen का जब चुनाव होता है।
तो Tradition के मुताबिक बड़ा अधिकारी चुंबन जरूर लेता है।।

मैं तो चाहूँगा कि Husband Night में भी ऐसा ही Tradition बनाएँ।
चुनें गए Husband को Kiss करने के लिए आप हसीनाएँ आगे आएँ।।

मैं इस वर्ष भी पुरस्कृत हुआ, किंतु अंतिम प्रश्नानुसार Best Husband बनने पर जो इच्छा जताई थी, वह पूरी नहीं की गई। प्रश्नोत्तर तो जीवन में वार्त्तालाप के माध्यम से माहौल को हल्का-फुल्का और सरसता लाने हेतु था। यही तो भारतीय नारी की गरिमा का प्रमाण है। भारतीय रक्षा सेनाओं के पुरुष, महिला वर्ग को अत्यधिक सम्मान देते है, उनके आने पर खड़े हो जाते हैं। पोत में प्रवेश करते समय सभी महिलाओं को सैल्यूट प्रदान किया जाता है। आम समाज में ऐसा कहाँ होता है?

□

वरुणा मेस में विश्वामित्र

(05 Nov 03–Husband Nite, Naval Officers Mess, Varuna, New Delhi; Theme–Togetherness; Dress–Romantic Couple: मैं व मेरी पत्नी 'विश्वामित्र व मेनका' की वेशभूषा में इस कार्यक्रम में भाग लेने गए। हम दोनों को पुरस्कृत किया गया था। परिचय में जो कहा, प्रस्तुत है¨)

मेरी मेनका प्रेमिका का पूर्ण दायित्व निभा रही थी।
मेरे साथ सचमुच वल्कल वस्त्रों में यहाँ आ रही थी।।
लाल बत्ती पर जब मैंने वाहन को रोका।
ड्यूटी पर तैनात ट्रैफिक पुलिस ने टोका।।
वाहन को मार्ग के किनारे लगवाया।
Mobile से कमिश्नर को बुलवाया।।

कमिश्नर बोले—

महर्षि आप जानते नहीं राजधानी में कितने अपराध हो रहे है?
फिर भी आप भद्र महिला को वल्कल वस्त्रों में ले जा रहे हैं?

उन्होंने मेरी एक न सुनी—

मेनका को नीचे उतारा। मेरा चालान कर डाला।।

और बोले—

मुझे मालूम है आप वरुणा मेस में जा रहे हैं।
नौसैनिक अधिकारी वहाँ गुलछर्रे उड़ा रहे हैं।।

आप चिंता न करें वरुणा में आपकी खातिरदारी अवश्य होगी।
मेनका आपके साथ न सही, वहाँ उर्वशी व रंभा जरूर होगी।।

(स्टेज पर MC ने प्रश्न किया। उसका जवाब मैंने कैसे दिया जानिए...)

प्रश्न : आप स्वर्ग चाहते थे, फिर गृहस्थी क्यों बसा ली ?

उत्तर : मेरा स्वर्ग पाने का सपना तो सचमुच साकार हो गया है।
मेनका की ममता में मुझे मेरा साक्षात् स्वर्ग मिल गया है।।

प्रश्न : ऋषिवर आप अपने आश्रम की तुलना में नौसेना की कार्य पद्धति पर कोई टिप्पणी करना चाहते हैं।

उत्तर : अवश्य!

हमारे आश्रम के नियम बड़े सख्त व पक्के होते हैं।
मैंने देखा किं नौसेना के नियम कुछ कच्चे होते हैं।

क्योंकि अधिकारीगण दफ्तर तो समय पर पहुँच जाते हैं।
लेकिन पता नहीं क्यों समय पर दफ्तर छोड़ नहीं पाते हैं।

ऐसे अधिकारी समय के पाबंद कहे जाते हैं?
जो अपने घर समय पर पहुँच नहीं पाते हैं।

अतः

आपके एडमिरल महोदय कड़े-से-कड़े नियम बनाएँ।
किसी भी घर में किसी भी मेनका को न तरसाएँ

□

Stress Management

(NWWA, New Delhi की पहल पर वर्ष 2003 में NHQ/DNT ने बड़ौदा के प्रसिद्ध मनोवैज्ञानिक डॉ. पालन द्वारा NCS, Mumbai में Stress Management Through Self Hypnosis का दस दिवसीय कार्यक्रम कराया था। कई अधिकारियों ने इस Course का लाभ उठाया। किंतु दस दिन के इस Course में कभी कोई हँसने हँसाने की प्रक्रिया नहीं थी। अंतिम दिन समापन समारोह में सभी को कुछ-न-कुछ बोलने को कहा गया। नीचे लिखी पंक्तियों को सुनकर हँसी के फव्वारे फूट पड़े और सबने ठहाके लगाए, जिनमें कई वरिष्ठ अधिकारी भी शामिल थे।)

Dr. Palan ने बताया Mind & Body से मानव बना है।
ठीक ऐसा ही मैं कहता, पति-पत्नी से जीवन सजा है।।

इसीलिए पहले दिन 2-3 लोग अपने पूरे जीवन सहित आए थे।
उस दिन Dr. Palan ने Stress & Stressor दो शब्द बताएँ थे।।

बताया था Stressor के कारण ही तो Stress होती है।
मुझे लगा यह परिभाषा मेरी बीवी पर लागू होती है।।

क्यों न मैं अपने Stressor को दरबार में ले आऊँ।
बहती गंगा में क्यों न उसे स्नान करा ले जाऊँ।।

सच कहूँ सामान्य पति-पत्नी तू-तू, मैं-मैं जरूर करते है।
शायद इसी वजह से वो एक दूसरे के Stressor होते हैं।।

मैं डंके की चोट पर आपको एक राज बता जाता हूँ।
Boss से खाऊँ-न-खाऊँ, बीवी से रोज डाँट खाता हूँ।।

मैंने एक शाम अपनी पत्नी से कहा— (Self Hypnosis Mode में), हे सुमुखी—

मुझे अपने साथ कल अपना Stressor ले जाना है।
एक सफेद चादर सहित तुम्हें मेरे साथ आना है।।

(It is a question of perception of others - what she perceived, try to understand)

छूटते ही बोली—तुम Stretcher का क्या करोगे?
क्या गाँगुली की तरह अपनी कमर को तोड़ोगे?

(उन्हीं दिनों भारतीय क्रिकेट टीम के कप्तान सौरभ गाँगुली कमर में चोट के कारण चर्चा में थे।)

खैर, किसी तरह बेगम को यहाँ ले आया।
उसे यहाँ का माहौल बहुत अधिक भाया।।

शाम को श्रीमती जी बोलीं—

डॉ. पालन बड़ी मधुर भाषा बोलते हैं।
उनके शब्द कान में अमृत घोलते हैं।

निश्चय ही उनके घर में कभी लड़ाई नहीं होती होगी।

मैंने जवाब में कहा—

लेकिन इसकी वजह Mrs. Palan की श्रवण क्षमता होगी।।

और बस तू-तू, मैं-मैं Floodgate खुल गया।
Stress Management का सिद्धांत बह गया।।

वह बोली, बस रहने दो मेरा और मुँह न खुलवाओ।
जो इज्जत बची-खुची है, सबके सामने न धुलवाओ।।

A word of caution

पति-पत्नी एक-दूसरे को कभी भी Self Hypnosis न कराएँ।
भूलकर भी जीवन के सबसे मधुर क्षणों की याद न दिलाएँ।।

अन्यथा—

अगर कोई भी एक अपनी शादी के पूर्व के समय को बताएगा।
तो Stress Management का Course धरा-का-धरा रह जाएगा।।

निष्कर्ष : हँसना Stress Management का सबसे महत्त्वपूर्ण हिस्सा है व्यक्ति-विशेष को प्रसन्न करने का तरीका, उसको हँसाने की प्रक्रिया जो हास्यपूर्ण प्रसंगों से ही संभव है। जीवन के पहलू में अगर हास्य न हो तो तनाव बढ़ता है। अतः तनाव कम करने के लिए हमें प्रतिदिन हँसना चाहिए।

□

कमाल किस का?

(NWWA Programme was organised at Naval Officers Mess, Varuna, New delhi during Oct 04. मेरी पत्नी ने इसमें भाग लिया। मेरी यह पंक्तियाँ उन पतियों को समर्पित है, जो अपनी प्राण-प्रिया को NWWA के कार्यक्रमों में भाग लेने हेतु प्रेरित नहीं करते और सोचते है कि यह सब बेकार है, ढकोसला है इत्यादि। मैंने भी कुछ इसी प्रकार के विचार पाल रखे थे, जो इस घटना के बाद चूर-चूर हो गए। इन पंक्तियों में 90% सच्चाई है, मात्र 10% कवि की कल्पना है। पढ़िए ̈)

अगले वर्ष मैं शादी की Silver Jubilee मना रहा हूँ।
चार दशक की कोमल, कमसिन पत्नी पा रहा हूँ।।

अपनी एक इच्छा उसे दशकों से बता रहा था।
भर-भर हाथ चूड़ियाँ पहनने को मना रहा था।।

लेकिन मेरी कोई दलील कभी काम न आई।
मेरी मरजी मुताबिक वह कभी भी सज न पाई।।

कोकिल कंठी आवाज हेतु दिल तरस जाता था।
नीरसता का नाता जिंदगी में नज़र आता था।।

आप मानें या न मानें 2004 में ऐसा मौका आया।
SOC[1] के दौरान NWWA ने विशेष सत्र मनाया।।

पुराने मठ पर कलई की नई परत चढ़ाई।
चार दशक की कमसिन स्टेज पर छाई।।

Gujrati Dress में Cat Walk नाजुक था।
सोलह श्रृंगारों का असर पूर्ण माफिक था।।

पता नहीं NWWA ने क्या जादू चलाया था।।
सच कहूँ, मैंने पत्नी में प्रेयसी को पाया था।।

सचमुच मैं तो उसे पहचान नहीं पाया था।
कलाई से कुहनी तक चूड़ियों का साया था।।

हफ्तों पहले से वह रोज Practice हेतु जाती थी।
घर-बार की जिम्मेदारी मेरे कंधों पर आती थी।।

लेकिन रोज शाम एक नया नशा-सा छाता था।
प्रियतमा के होंठों पर नया गीत गुनगुनाता था।।

आओ हुजूर तुमको सितारों में ले चलूँ...
दिल झूम जाये ऐसी बहारों में ले चलूँ...

बार-बार देखो, हजार बार देखो...
कि देखने की चीज है... हमारा दिल...

कमाल NWWA का, कि मेरी जिंदगी लौट आई है।
दिलो-दिमाग पर अब केवल मेरी प्राण-प्रिया छाई है।।

ईश्वर करे NWWA कुछ ऐसा चक्कर चलाए।
हर पति को अपनी पत्नी में प्रेयसी नजर आए।।

□

1.Senior Officers Conference.

'Jointmanship'

(वर्ष 2005-06 के दौरान मैंने Naval Higher Command Course, College of Naval Warfare, Mumbai से किया। इस कोर्स का एक हिस्सा होता है—Joint Capsule (JOCAP), जिसमें तीनों सेनाओं के Higher Command Courses के अधिकारी संयुक्त रूप से युद्ध-अभ्यास की तकनीकी छह हफ्ते तक सीखते हैं। JOCAP का Course, Army War College (AWC), MHOW, जोकि इंदौर के पास में हैं, में आयोजित होता है। इस अवसर पर होनेवाले क्रिया-कलापों पर मैंने एक लघु पुस्तक 'JOCAP के लम्हे' लिखी और विदाई समारोह के समय AWC के कमांडेंट महोदय को भेंट की। इसी पुस्तक की कुछ रचनाएँ आगे 'सपना सजनी का' तक प्रस्तुत हैं)

हिल-मिलकर रहना,
घुल-मिलकर रहना,
दिल-मिलकर रहना,
आसान नहीं होता है।

अधेड़ उम्र अवस्था,
विचारों की व्यवस्था,
अहंकारों की व्यथा,
से सामना जो होता है।

अगर अपने आपसे ऊपर उभर आएँ हम।
दूसरों के विचारों को महत्त्व दे पाएँ हम।।

तो निश्चय ही हम एक मिसाल बनके उभरेंगे।
सशस्त्र सेनाओं की ज्यों ढाल बनके उभरेंगे।।

यही तो Jointmanship की सच्ची कहानी है।
बाकी तो बस चर्चा है, बात आनी-जानी है।।

□

Welcome Cocktail

(JOCAP के शुरुआत में Army War College सभी Trainee अधिकारियों के स्वागत-हेतु Welcome Cocktail का आयोजन करता है। ध्यान रहे कि इस Course के दौरान अधिकारी सपत्नी नहीं आते। इस पार्टी में पढ़ी गई पंक्तियाँ···)

हम आभारी हैं Commandant के, जिन्होंने ये महफिल सजाई।
अधिक आभारी हैं सभी देवियों के, जिन्होंने शोभा बढ़ाई।।
पिछले कुछ महीनों से हम Jointmanship की कहानी रट रहे हैं।
बड़ी-बड़ी बातें, घोषणाएँ, जल, थल, नभ से सुन रहे हैं।।

My Perception about Jointmanship

महिलाएँ हमारे जीवन की प्रेरणास्रोत होती हैं,
परिवार जोड़ने में वह सबसे सफल होती हैं।
उनके बिना Jointship की कल्पना अधूरी है,
कैसे यह संभव है, जब पत्नी से दूरी है?

So! What is the Answer?

हमें चाहिए कि अपने संबंध मजबूत बनाएँ,
किसी तरह इन देवियों को आगे ले आएँ।

तभी हम अपने प्रयासों में सफलता पाएँगे।
बिना उनके हमारे फल खट्टे रह जाएँगे।।

Request to Higher Echelons

अगर आप Real Jointmanship चाहते हैं तो,
JOCAP हेतु हमारी पत्नियों को भी बुलवाएँ,
कुछ चक्कर चलाकर उन्हें भी यहाँ लाएँ।
Jointmanship में चार चाँद लगवायें॥

A Word of Caution

स्त्रियाँ साथ हों तो, भूलकर भी ऑफिस की बातें न करें।
तारीफ योग्य वे सचमुच हैं, दिल खोलकर तारीफ करें।।

□

टूटता Jointmanship

(इन पंक्तियों का आनंद उठाने हेतु यह जानना जरूरी है कि नौसेना के अधिकारी दस प्रकार की वरदी का प्रयोग करते हैं। इन वरदियों के पुन: Classification हैं। जैसे कि वरदी नंबर 4A (Alfa), 6A (Alfa), 8A (Alfa), 10A (Alfa) इत्यादि। War Game के दौरान हमेशा ही वरदी को लेकर नौसेना अधिकारियों में कभी भी ठीक से तालमेल नहीं हो पाता था। Course Senior होने के नाते प्राय: सभी नौसेना अधिकारी सोने से पूर्व मुझसे अगले दिन की वर्दी व समय फोन पर पूछते थे। ऐसी ही एक रात मेरे पास कई फोन आए और जब एक और घंटी बजी तो...यहाँ यह भी जानना जरूरी है कि Alfa नाम के होटल कई प्रमुख शहरों में हैं। यह भी जानना जरूरी है कि इस Course के दौरान सभी अधिकारी Ty Duty पर Mhow आते हैं और उनकी पत्नियाँ ड्यूटी स्टेशन रह जाती है)

एक रात 10 बजे फोन घनघनाया,
मैंने कुछ खिन्न होते हुए उठाया,

और कहा Dear, Time is Eleven O' Clock in Eight Alfa

वहाँ से शेरनी-सी दहाड़ आई,
एक लंबी-सी फटकार लगाई।

तुम्हारी Jointship ये गुल खिला रही है,
बताओ Alfa Hotel में कौन आ रही है?

मैंने भीगी बिल्ली की तरह हकीकत बताई,
लेकिन उसे एक भी बात समझ न आई।

मैं कई दिन से निगाह रख रही हूँ,
Mhow Exchange से संपर्क कर रही हूँ।
तीन दिन पहले भी तुमने किसी को बताया था,
11 बजे 10 नंबर Alfa में ही बुलाया था।

Code Word प्रयोग करके मुझे बुद्धू बनाते हो,
कमरा न. 10 या 8 या 4 में बुलाते हो,
Alfa Hotel का भरपूर फायदा उठाते हो।

कल सुबह ही मैं अपने मायके जा रही हूँ,
कभी नहीं आऊँगी 'इंडिका' ले जा रही हूँ।

अतः

Basic DS[1] से अनुरोध है कि (For Next JOCAP)
Dress और समय की घोषणा कॉलेज में ही कराएँ,
अच्छे-खासे Jointmanship की धज्जियाँ न उड़ाएँ।

□

1. Directing Staff.

सपना सजनी का

(JOCAP के दौरान मैं Course Senior था। इसके दौरान प्राय: अधिकारी पत्नी-विरह से पीड़ित रहते हैं। Course Senior होने के नाते बड़े तड़के मुझे किसी साथी का फोन आया, अंगड़ाई लेते हुए मैंने रिसीवर उठाया···)

साथी—

सर, मुझे मेरी बीवी की याद आ रही है,
कई दिन से सपनों में वह छा रही है।
अब और अधिक धैर्य नहीं धर पा रहा हूँ,
आज 8 बजे की Flight से घर जा रहा हूँ।
कृपया Parade State में SIQ[1] दिखा देना,
Week End में Indore गया बता देना।
Monday के Lecture में जरूर आ जाऊँगा,
आपके लिए सर्वोत्तम मिठाई भी ले आऊँगा।

मैं (नींद में भरा)—

उसकी याद तो मुझे भी आ रही है,
कई दिनों से नींद खुल जा रही है।

साथी (तैश में आकर)—

आपकी Seniority हद से ऊपर जा रही है,
मेरी बीवी क्यों आपको याद आ रही है।
जरा होश में बोलो नहीं तो अनर्थ हो जाएगा,
हायर कमान्ड कोर्स से नाम गायब हो जाएगा।

मैं (सर झटकते हुये गुस्से भरे स्वर में)—

आपने मेरी बात का गलत अर्थ लगाया है,
सुबह सुबह मेरा भी मूड उखड़ आया है।
मुझे तो मेरी बीवी याद आ रही थी,
उसी कारण नींद खुल जा रही थी।

साथी (विनम्रता भरे स्वर में)—

सर, क्षमा करें आप अपना मूड न बिगाड़ें,
किसी तरह दो दिन मेरी Absense सँभालें।
अगर मेरी बीवी सपने में आए तो आने दें,
देर हो रही है मुझे कृपया अभी जाने दें।

और साथी चला गया...

Recommendation

Army Chief की सलाह पर गौर अवश्य फरमाएँ,
Forced Bachelors का मनोबल छुट्टी देकर बढ़ाएँ।

(ध्यान रहे ठीक तीन दिन पहले Army Chief ने अपने भाषण में सैनिकों का मनोबल बढ़ाने के तरीकों में Forced Bachelors की छुट्टी के प्रति नरम रवैया अपनाने की बात कही थी) □

---

1. Sick in Quarter

शुक्रिया का अंदाज

(मई 2006 में College of Naval Warfare, Karanja, Mumbai में हुई Social Get togather में मैंने अपना जो परिचय दिया, उसकी झलक प्रस्तुत है...)

दुनियावाले इस नाचीज को बबेले कहते हैं।
इकलौती बेगम की खिदमत में हम रहते हैं।।

पचास वर्ष की उम्र ने बहुत सीखा-सिखाया है।
नौसेना ने ही हमें आज इस काबिल बनाया है।।

करंजा जैसी खुशनुमा जगह का लुत्फ पा रहे हैं।
अपने 25 साथियों सहित कोर्स पूरा कर रहे हैं।।

हम आपकी दरियादिली को सर आँखों पर रखते हैं।
आपने जो सम्मान दिया, तहे दिल शुक्रिया कहते हैं।।

□

जीने का मकसद*

आभार करता हूँ, कि NWWA ने आज,
`Oral Health' हेतु कार्यक्रम कराया।
सभी को साफ-सुथरा और खुबसूरत,
रहने का सलीका NIDS[1] ने बताया।।

शरीर के आकर्षण में चेहरा महत्त्वपूर्ण भूमिका निभाता है।
स्वच्छ श्वाँस, चमकीले दाँत भरा मुँह चार चाँद लगाता है।।

ऐसे मुँह से अगर आप सीधे, सच्चे।
सम्मान भरे शब्द बाहर लाएँगे।
आपकी खुबसूरती के 'सोने पर सुहागा'
ये मीठे बोल कहे जाएँगे।।

मैं अनुरोध करना चाहूँगा कि खूबसूरती की इस,
मुहिम को NWWA आगे बढ़ाएँ।।
मुँह से निकलनेवाले शब्द अति आकर्षण भरे हों।
इस पर भी एक कार्यक्रम कराएँ।।

तन के साथ मन की खूबसूरती पर अगर खयाल जाएगा।
आप मानो या न मानो, जीने का मकसद पूरा हो जाएगा।।

□

* Mulla Auditorium, Mumbai-08 Nov. 08

1. Naval Institute of Dental Surgery.

सुप्रीम कोर्ट का कानून

(वर्ष 2008 में सुप्रीम कोर्ट के एक जज ने Divorce की याचिका पर टिप्पणी करते हुऐ याचक पति से पत्नी की जी-हुजूरी की सिफारिश की थी। और कहा था कि इसमें ही जीवन का सुख है। घटना मुंबई की है, जहाँ नौसेनिक अधिकारियों की Colony, NOFRA में Take-a-Break नाम की Coffee Shop है)

सुप्रीम कोर्ट का जिस दिन आदेश आया।
श्रीमतीजी ने मुझे इक इशारे से बुलाया।।

ध्यान से सुनो जज साहब ने क्या कहा है।
पत्नी की जी-हुजूरी में जीवन का मजा है।।

आज से Bed Tea तुम हमको पिलाओगे।
Break Fast खिलाकर ही Office जाओगे।।

शाम तुम जब लौटोगे तब मैं मुसकराऊँगी।
सब्जी के लिए थैला तुम्हारे हाथ थमाऊँगी।।

मायूस मन, भारी कदम, सब्जी लेने बाजार जा रहा था।
मेरी पड़ोसन का पति सब्जी से भरा थैला ला रहा था।।

बोला—बबेले हम पत्नी-पीड़ितों को मुक्ति-मार्ग बताओ।
कोर्ट के कानून को काटने का कोई तरीका सुझाओ।।

मैंने कहा—चलो Take-a-Break में कॉफी पी लेते हैं।
Husband Welfare की कोई Strategy बना लेते हैं।।

विचार अच्छा है, पर Wife की सहेली Dinner पर आ रही है।
तैयारी करानी है, यह सोचकर मुझ पर झुरझुरी छा रही है।।

खैर! एक दिन हमने मिलकर Strategy बनाई।
NWWA President को अपनी अर्जी लगाई।।

उम्मीद की किरण बस NWWA के सहारे नजर आती है।
वह नारियों को आदर्श पत्नी बनने का तरीका सुझाती है।।

अनुरोध है, 'सखी' से मिलता-जुलता 'सखा' कार्यक्रम चलाया जाए।
पीड़ित पतियों को भी खुशहाल जीवन जीने का तरीका बताया जाए।।

□

संकल्प*

('संकल्प' NWWA द्वारा चलाई जा रही उस संस्था का नाम है, जिसमें मानसिक रूप से अविकसित बच्चों की देखभाल की जाती है। उन्हें प्रशिक्षित महिलाओं द्वारा समाज की मुख्यधारा में जीवन जीने योग्य बनाने का सतत प्रयत्न किया जाता है)

संकल्प कोई संस्था नहीं, दीदारे-दरियादिली का ठिकाना है।
मानवता का दायित्व निभाने का तरीका सभी को सिखाना है।।
हमारे ये अविकसित बच्चे, दिल के सच्चे, खुदा के बंदे हैं।
धरती से बड़ा कलेजा है उनका, परवरिश जिनके जिम्मे है।।

NWWA की छत्रछाया में 'संकल्प' ने जिम्मेदारी उठाई है।
समाज उनका ऋणी है, उदारता महिलाओं ने दिखाई है।।

'संकल्प' के सदस्य निश्चय ही नेक काम कर रहे हैं।
नीरस जीवन में उमंगों का अनोखा रंग भर रहे हैं।।

प्रार्थना है कि ईश्वर के ये बंदे जीवन भर मुसकराएँ।
इन बच्चों में दिन-दूने रात चौगुने परिवर्तन आएँ।।

□

* Mulla Auditorium, Mumbai-09 जनवरी 09

NATURE WALK

(NWWA, Western Region, Mumbai ने INS Kunjali से Prongs Light House तक बच्चे, बूढ़ों, जवान स्त्री तथा पुरुषों के लिए Nature Walk का आयोजन 10 जनवरी, 09 को किया, जिसमें सैकड़ों लोगों ने भाग लिया। कुल दूरी लगभग 10 किमी. थी। K-22 तथा भा. नौ. पो. कुंजाली ने इस आयोजन के सभी प्रबंध किए थे। मैंने भी सपत्नी भाग लिया। इसी पर कुछ पंक्तियाँ··)

प्रकृति की गोद में, सुख की खोज में
NWWA ने Nature Walk कराया।
क्या बूढ़े, क्या बच्चे, जिंदगी का जज्बा
रग-रग में, हम सबमें उभर आया।।

भीड़भाड़ भरी व्यस्त जिंदगी में
ऐसे मौके बहुत कम आते हैं।
बहुत विरले व्यक्ति होते हैं जो ऐसे
मौकों का लाभ उठा पाते है।।

K-22 की क्या कहें, क्या कमाल कर दिखाया!
कार्यक्रम को इन्होंने सुखद यादगार बनाया।।

हम आभारी है NWWA, K-22, Kunjali के।
कार्यक्रम को सफल बनानेवाले हर प्राणी के।।

जिन्होंने इसमें भाग लेकर उत्साह बढ़ाया।
साथ-साथ नौसेना का मनोबल बढ़ाया।।

ईश्वर करें नववर्ष में सभी की सेहत
दिन-दूनी-रात चौगुनी बरकरार हो।
पति-पत्नी खुशहाल रहें, बच्चे बढ़ें
किलकारियों भरा हर परिवार हो।।

□

CUDDLES

(नन्हें-मुन्ने बच्चे जिनकी माताएँ कार्यरत हैं, की देखभाल हेतु Cuddles नामक संस्था का संचालन NWWA द्वारा किया जाता है। नौसेना में हर बड़े स्टेशन पर इस तरह की संस्था है, जिसमें छोटे दुधमुँहे बच्चे दिन भर रहते हैं। ऐसी ही एक संस्था का उद्घाटन President NWWA (WR) द्वारा NOFRA[1], Colaba, Mumbai में 24 अप्रैल 09 किया गया। इस अवसर पर कुछ पंक्तियाँ...)

कोमल किलकारी से हृदय विभोर हो उठता है।
माँ का दुलार, परिवार का प्यार उमड़ पड़ता है।।
माँ की गोदी में बच्चे का सच्चा स्वर्ग समाता है।
जीवन सफल होता है जहाँ शिशु रुदन होता है।।
ऐसी किलकारियाँ अब इस आँगन में गूँजेंगी।
बचपन की अठखेलियाँ इस आँगन में खेलेंगी।।
धन्य C-IN-C का जो ये CUDDLES बनवाया।
कार्यरत महिलाओं को सच्चा सुकून दिलवाया।।
अध्यक्षा NWWA ने यह ममता का भंडार खोला है।
यह कोई संस्था नहीं है, सपनों का संसार खोला है।।

□

1. Naval Officers Family Residential Area.

पुस्तक का उदय

(मार्च 2010 में मेरा स्थानांतरण दिल्ली हुआ। शुरू में पाँच माह के लिए Naval Officers Mess वरुणा में पत्नी-पीड़ित रहा। जब पत्नी आई तो उसने NWWA हेतु कुछ लिखने की तोता जैसी रट लगाई, और देखते-ही-देखते इस पुस्तक का उदय हो गया)

श्रीमती ने एक दिन NWWA का नगाड़ा बजाया।
'अभी तो मैं जवान हूँ' मुझे यह एहसास कराया।।

बोली NWWA हमारे जीवन में जोश भर रहा है।
कुछ कर गुजर जाने को मेरा मन मचल रहा है।।

मैंने कहा जो जी में आए सो कर गुजर जाओ।
जरूरत महसूस हो तो सफेद दाढ़ी आजमाओ।।

यह दाढ़ी अनुभवों के कारण ही तो पक गई है।
दशकों से NWWA के कारण सुरक्षित रही है।।

तो चहककर बोलीं—

क्यों नहीं NWWA पर एक ग्रंथ लिखा जाए!
और NWWA दिवस पर प्रकाशित किया जाए।।

विचार अच्छा था, मुझे सारी रात नींद नहीं आई।
कवि की कुलबुलाहट, पत्नी-हृदय में छटपटाई।।

अगले दिन उसने सारे बक्से उलट-फेर डाले।
पुराने कागज, पत्र, डायरियों के पन्ने निकाले।।

हृदय गद्‌गद हो उठा, रचनाओं का ढेर लग गया था।
पत्नी को गले लगाया, कलेजा मुँह को आ गया था।।

बस फिर क्या था! मन में एक धुन घर कर गई।
पत्नी की पहल पर इस पुस्तक की नींव रख गई।।

पुस्तक का नाम 'पति, पत्नी और नौसेना' रखा है।
और आधा हिस्सा NWWA के खाते में गया है।।

इस जीवन में उत्साह और दांपत्य-प्रेम पनपा है।
NWWA की भूमिका से ही जीवन में सरसता है।।

धन्य हैं भारतीय नारियाँ जो ऐसे संस्थान चलाती हैं।
भौतिकता से दूषित जीवन में रंग-उमंग जगाती हैं।।

ईश्वर करें NWWA की गतिविधियाँ।
दिन दूनी-रात चौगुनी चमकें।।

सभी महिलाएँ चुस्त-दुरुस्त हों।
उत्साह से भरे चेहरे दमकें।।

□

'पत्नी को पत्र'

पति-पत्नी का अटूट बंधन जब किसी कारण से बिछोह की स्थिति में आता है तो विरह-वेदना होती है। रक्षा सेनाओं में कार्यरत युगल प्राय : कर्तव्यनिष्ठा का दायित्व निभाते हुए एक-दूसरे से दूर चले जाते हैं। ऐसे में एक-दूसरे के प्रति भौतिक दूरी खड़ी हो जाती है, किंतु हार्दिक निकटता निश्चय ही बढ़ जाती है। इस बात का प्रमाण पत्नी को लिखे पत्रों की कृति है। यह एक बानगी है, ताकि पाठक अनुमान लगा सके कि वास्तविक पत्रों में हृदय में कैसा प्रवाह रहा होगा! ध्यान रहे कि आज के e-mail, SMS, Cell phone के युग में ऐसी भाव-विभोरता का स्थान खोता जा रहा है, जोकि एक धड़कते हृदय के लिए अत्यंत जरूरी है। खैर, पत्र पढ़ें—

मुझे आशा ही नहीं बल्कि पूरा भरोसा है कि मेरी प्राण प्रिया इस धृष्टता हेतु मुझे क्षमा कर देगी, क्योंकि मैं कुछ उन पत्रों को उजागर कर रहा हूँ, जोकि उसकी अपनी अमूल्य धरोहर हैं—

खतों में भी एक बेहतरीन स्वाद होता है।
कागज व स्याही से रचा ख्वाब होता है।।

सुरक्षा सेनाओं में कार्यरत हमारे देश के बहादुर सिपाहियों की कर्म पराकाष्ठा के कारण विछोह, जिसका अंतिम चरण प्रिय मिलन होता है और वह मधुर मिलन अतुलनीय होता है, जिसे मैंने कुछ पंक्तियों में पिरोने का प्रयत्न किया है।

पहला विरह

हाथों में अभी तक मेंहदी लगी है।
साँसों में अभी तक खुशबू बसी है।।
दूर रहना निहायत जरूरी है,
नहीं तो पता कैसे चलता कि,
सपनों में उनकी ही सूरत बसी है।
आँखों में अनोखी मूरत वो सजी है।।

बदन की दूरी को, आपने वतन की दूरी कह दी।
शमा जलती है बताकर, ज्वाला दूनी कर दी।।

बुझाने को अरमाँ दिल में करीब कब हम आएँ।
हो गए प्यासे कोसों दूर, आग कैसे दफनाएँ।।

□

कौन-कौन सी बात लिखूँ?

कुछ कह लूँ, कुछ सुन लूँ दिल में, यह मेरा दस्तूर नहीं।
न सच कहूँ, न सच लिख पाऊँ, यह मुझको मंजूर नहीं।।

सूख रहा तन-मन व्याकुल है, लिखने का औचित्य नहीं।
करवट सूनी रात अँधेरी, अब सोने का अधिकार नहीं।।

याद बहुत आती है तेरी, गानों के तानों में से।
तेरे नथुने फूले स्वर में, होठ फड़कते गानों से।।

रह-रहकर दिल में हिलोर ले, आ जाते हैं नामों से।
झन-झन झंकार झूमती, न जाने क्यों कानों से।।

आँख में पानी भर आता है, न जाने क्यों कब मेरे।
गला अचानक रुंध जाता है, न जाने क्यों अब मेरे।।

क्या लिख दूँ कैसे लिख दूँ मैं, कौन-कौन सी बात लिखूँ?
पलक गिराए बिना गुजारी, कौन-कौन सी रात लिखूँ?

□

जितना तुम्हें भुलाना चाहा

जितना तुम्हें भुलाना चाहा,
उतना तुमने मुझे सताया,

साँसों में तुम जान डालती, हमने तुम्हें बताना चाहा।
तुमने हरदम आँख में आँसू, बनकर हमें रुलाना चाहा।
दिल की धड़कन मन की उलझन, में तुमने आ जाना चाहा।
जितना तुम्हें भुलाना चाहा˙˙

जीवन की अविरल धारा में, कल-कल का स्वर एक उभरता।
दिन-प्रतिदिन जंजीर बड़ी ये, कड़ी-कड़ी में प्यार लरजता।।
यादें गजरे के फूलों-सी, बार-बार गुंथ जाना चाहा।
वीणा की झंकार में तुमने-चुपके सदा उतरना चाहा।।
जितना तुम्हें भुलाना चाहा˙˙

गम की गजल, गजल की भाषा में तेरे स्वर सदा उभरते।
तन्हा रातों की यादों में, चाँद में कई तेरे रूप निखरते।।
रात सितारों की साड़ी में, चेहरा तेरा देखना चाहा।
लेकिन उषा की लाली में, तुमने तब शरमाना चाहा।।
जितना तुम्हें भुलाना चाहा˙˙

भटके बीच संमदर नाविक, जैसे कोई दिशा ढूँढ़ता।
लहरें ऊँची पानी गहरा, फिर भी मंजिल नहीं भूलता।।
ऐसे कुछ तूफान में तुमने, दिक-सूचक बन जाना चाहा।
दूर दिशा के पंछी बनकर, कोई इक छोर दिखाना चाहा।।
जितना तुम्हें भुलाना चाहा¨

कविता की कोमल कलियों की, मैंने माला एक बनाई।
रंग-बिरंगी यादें लेकर, नित प्रियतम तसवीर सजाई।।
माला को तसवीर पे मैंने, अपने हाथ चढ़ाना चाहा।
कड़ी-लड़ी में पिरकर, तुमने प्यार जताना चाहा।
जितना तुम्हें भुलाना चाहा¨

□

तुम वही हो !

शाम की गोधूली-सी,
बदली एक भूली-सी,
सरसो ज्यों फूली सी,
घटा बनके छाई हो।
तुम वही हो !!

जीवन की कथा में,
हृदय की व्यथा में,
वेदों की ऋचा में,
हर जगह समाई हो।
तुम वही हो !!

उम्र की डगर में,
जीवन के नगर में,
अमृत-सी जहर में,
मुझमें समाई हो।
तुम वही हो!!

उषा की लाली-सी,
पीपल की डाली-सी,
अल्हड़ मतवाली-सी,
मस्ती-सी छाई हो।
तुम वही हो!!

□

प्रिय बिन प्रिया

प्रिय बिन प्रिया, जिया नहीं लागे, अंधकारमय जीवन लागे।
भरे कुलाँचे नित मन गति से, छोर सहारा कहीं न पावे।।

दिन में सूनापन रहता है,
रात भंयकर हो जाती है।
उषा की लाली से पहले,
यादों की आँधी आती है।।

नींद नयन तक आ न पावे।
अंधकारमय जीवन लागे।।

यादों की अनगिनत हिलोरें,
अविरल यहाँ चली आती हैं।
शांति नहीं है इक पल भर की,
फिर इक नई लहर आती है।।

उभर तुम्हारी यादें आवें।
अंधकारमय जीवन लागे।।

गहन अँधेरा, गहरा सागर-सा,
यह मन बैठा जाता है।
कोई तूफाँ जैसा आकर,
फिर से इसे हिला जाता है।।

मन की शांति कहाँ से पावें,
अंधकारमय जीवन लागे।।
प्रिय बिन प्रिया जिया नहीं लागे,
अंधकारमय जीवन लागे।।

☐

क्यों याद में आती हो?

क्यों याद में आती हो, रातों की पहेली में।
आगोश में उपवन के, शबनम की सहेली में।।

हम गूँगें रहते हैं, यादों की हवेली में।
आबाद इसे कर दो, यूँ नई नवेली में।।

जो याद में आना हो तो जीवन भर आओ।
तिल-तिल कर यादों से न हमको तरसाओ।।

आ जाओ साँसों में, बाँहों में समा जाओ।
अपने प्रियतम को तुम और न तड़पाओ।।

□

जिंदगी की राहें

इक रोज हँसी में हमने कुछ तुमसे यूँ कहा।
अब हो चुका है मजमा, ना ही काफिला रहा।।

गर याद तुमको आए भूला हुआ ये फोटो।
गर दिल में दर्द छाए देखे बिना ये फोटो।।

तो आँख आईने में गीली तुम्हें दिखेंगी।
यूँ जिंदगी की राहें, सूनी-सूनी लगेंगी।।

इक रोज हमने देखा दुनियाँ के रास्तों पर।
हलचल मची थी भारी वादों के वास्तों पर।।

पर हो चुका है पतझड़, आमो चमन नहीं है।
जिसको कहूँ मैं अपना कोई यहाँ नहीं है।।

यूँ याद आई मुझको, तेरे लबों की हसरत।
कुछ हलचलें मचाईं, दूरी बढ़ाए कुदरत।।

□

एक होली विरह की

रंग-बिरंगी ये होली भली, सजनी संग रंग न खेल सके।
मन मेरो मतंग, विहँग भयो, पर अंग न संग उड़ाय सके।।

केह के मुख-मंडल रंग मले, मन मूढ़ भयो न बताए सके।
गलियन-गलियन गोरी देखी, पर रंग न अंग लगाए सके।।

तन की तनथोरी दशा लखिए, मन-मंथन को न छिपाय सके।
रोकीं बस भर उर की लहरें, सुर-सरिता को न सँभार सके।।

सपनों-सी सजीली सुकुमारी, जिसे देख ये देह बिसार सके।
तन मन जीवन बंधन भूले पलक बंद कर निहार सके।।

☐

खत ही खता मेरी

दर्देदिल की दास्ताँ, मुझे तुम्हें सुनानी है।
एक रात अंधेरी है, लम्बी सी कहानी है।।

ये दिन तो कट जाता, पर रात नहीं कटती।
मन तो बहल जाता, पर याद नहीं घटती।।

ज्यों दिन के ढलने से प्रतिच्छाया बढ़ती है।
त्यों रात के आने से, तेरी यादें बढ़ती हैं।।

है खत ही खता मेरी, मेरे सच्चे यार हैं।
ये पन्ने नहीं हैं जान, ये सच्चा प्यार हैं।।

इन खतों की धरती पर, हम महल बनाते हैं।
बीते दिन हैं बुनियाद, मंजिल को सजाते हैं।।

□

मेरा धड़के जिया

मेरी प्राण प्रिया मेरा धड़के जिया,
कैसे सोये पिया, नहीं माने जिया।
आ जा सितम, कर न इतना जुलम,
कैसा खोया विरह में है तेरा पिया।।

ना तुम होना खफा मेरी जाने वफा,
प्रीति जीवन में हरदम बने ऐसे ही।
जैसे धरती गगन से, पानी पवन से,
मिले रात–दिन हर समय जैसे ही।।

न हो दूरी तनिक मन में मेरे तेरे,
भाव जगते रहे एक दूजे तरफ।
हो बदन–फासले पर करोड़ों कदम,
और झुकते रहें एक दूजे तरफ।।

है नहीं बात कोई बढ़ाकर लिखी,
सच लिखूँ, तुम भरोसा हमारा सदा।
जीवन टिका जिसपे धरती हो तुम,
सींचती जीवनी की सभी संपदा।।

प्यार की धार हो, दिल की दरिया में तुम,
सुर की सरिता हो तुम, मेरी मुसकान हो।
जीवन की डगर में हो छाया मेरी ,
स्वाँस की वायु हो तुम मेरी जान हो।।

न जिएँगे तुम्हारे बिना प्यार के,
न मरेंगे हम, बिन तुम्हें प्यार दे।
साथ अपना रहेगा हमेशा सदा,
जैसे नदिया रहे साथ में धार के।।

तन की दूरी कभी आड़े आए अगर,
मन की नजदीकियों से पट जाएगी।
धन का संकट कभी मैं नहीं मानता,
थोड़े पैसों से जिंदगी गुजर जाएगी।।

हो दया–दृष्टि ईश्वर की हम पर सदा,
अपने आदर्श पर हम यूँ चलते रहें।
बन सके कर्मयोगी गीता के हम,
कर्म के मार्ग पर हम यूँ बढ़ते रहें।।

□

रात का अँधेरा

हम ढूंढ़ रहे तुमको, रातों के अँधेरे में,
हो नई ज्योति जैसे, सपनों के घेरे में।

अंधा गर होता मैं, तो देख नहीं पाता,
रूप का वर्णन फिर मैं कर नहीं पाता।

है हँसी नहीं थोड़ी, मुझे भरमा जाती है,
लाली गालों की है, जो शरमा जाती है।

आँखें बादामी हैं, भौंहे तो कमानी हैं,
हैं नजरें चुभ जाती, ये तो बेमानी है।

क्यों याद में आती हो, कविता में आ जाओ,
साँसों में उतर जाओ, सपनों में समा जाओ।

बालों की बदली को, वर्षा में बदल देंगे,
गालों की लाली को, सूरज में लगा देंगे।

चेहरे का अक्स बना, एक गीत रचा लेंगे,
होंठो के फूल सजा, गजरा भी बना लेंगे।

माथे पे चढ़ा लेगे तेरे गुस्से का चंदन,
बाँधेंगे बाँहों से, न टूटे फिर बंधन।

बिन खाना जी सकता, बिन पानी जी सकता,
बिन पढ़े तेरा उत्तर, कैसे मैं रह सकता।

तुमने मुझको समझा कविता की धारा में,
मन में न झाँका है, कल कल के नारा में।

हम चाहेंगे हरदम, तुम सुखी रहो हरदम,
हम हँसा सकें सबको, बता सकें हरदम।

मन मन में हँसता जो, वह बड़ा भाग्यशाली,
दूजों के मन में जो हँस सके तो दीवाली।

मैंने हँसना चाहा, दुनियाँ की निगाहों में,
मन में मैंने चाहा, कुछ जीवन राहों में।

□

तुम्हारा महत्त्व

शादी से पूर्व—

शब्द थे, स्वर न था,
कविता थी, कंठ न था।
रचना थी, रंग न था,
ढर्रा था, ढंग न था।।

शादी के बाद—

शब्दों को स्वर,
कविता को कंठ,
रचना को रंग
ढर्रे को ढंग,
मिल गया है।।

पत्नी—

जिंदगी एक लंबी सी पहेली का नाम है।
पत्नी एक सीधी-सच्ची सहेली का नाम है।।

□

कल ही तो खत लिखा था

कल ही तो खत लिखा था, तुझे जाने-जाँ कहा था।
जीने का तुम सहारा, तुझे दिलरुबा कहा था।।

तुम फिर से याद आईं, मेरी धड़कनें बढ़ाईं।
मन मेरा कह रहा था, दिल हड़बड़ा रहा था।।

लिखने को खत तुम्हें मन मेरा मचल रहा था।
हो आँख का सितारा, कुछ ऐसा लग रहा था।।

दिन में लगा था फीका, रातों को डर रहा था।
बिन सजनी तेरा सजना, मैं कैसे जी रहा था।।

कैसे बताऊँ तुमको, दिल की अजब दशा है।
इस जहाँ के बंधनों में, तेरा पिया बँधा है।।

कब आ रही हो प्यारी, मेरी तो इल्तजा है।
तिल-तिल कटे न जीवन, मेरी यही खता है।।

तुम आ सको तो आओ, अब और न सताओ।
न रह सकूँगा तुम बिन, जीवन में क्या रखा है।।

न इंतजार होगा, तेरा अधिक समय तक।
है मन की नैया डगमग, तूफान आ रहा है।।

तूफान आ न पाए, तुम उससे पहले आओ।
बरसात की झड़ी-सी तुम प्यार के ले आओ।।

मन हो रहा पपीहा, पानी नहीं मिला है।
स्वाति नक्षत्र बनकर के, प्यास तो बुझाओ।।

न समझो मेरी भाषा, तो भाव ही समझ लो।
कविता के किसी कोने में, चुपके उतर आओ।।

गानों में गुनगुनाहट, तानों में तान बनकर।
श्वासें मेरी हैं खाली, तुम उनमें समा जाओ।।

कई रात नहीं सोया

कई रात नहीं सोया, मैं जागता रहता हूँ।
आँखों में नींद बनके, सपनों में उतर जाओ।।

दिल कभी नहीं रोया, गम करता रहता हूँ।
आँखों में आँसू बनके, एक बार छलक जाओ।।

संगीत बिना सूने, ये कान भी हैं बहरे।
नूपुर ध्वनि लेकर, पायल सी छमक जाओ।।

बरसात नहीं देखी, सूखा सभी यहाँ है।
घनघोर घटा बनके, बिजली-सी चमक जाओ।।

तपती धरती-सा मन, रूखा रहे हमारा।
बरसात बनो बरसो, तर बतर कर जाओ।।

बह रहा है पवन संग मन जाने कहाँ कहाँ।
आँचल की ओट कर दो, उड़ना थम जाए।।

ये हाथ हो रहे हैं कुछ कर्महीन मेरे।
नवयौवन दे दो तो उसमें उलझ जाएँ।।

ये पाँव थमे रहते हैं, दिशा भ्रमित मेरे।
आने की बात कर दो, दौड़े ही चले आएँ।।

तुम कविता हो मेरी, शब्दों की लिखावट हो।
संगीत में लय हो तुम, स्वर रूप सजावट हो।।

हो धार में नदिया की, वन उपवन में तुम हो।
हर फूल में हो खुश्बू, ज्यों श्वास की आहट हो।।

हर जगह तुम्हीं छाई, कण-कण में समाई हो।
फिर भी मैं तुम्हें ढूँढूँ, तुम ऐसी ही चाहत हो।।

साकार बनो आओ, बाँहों में मेरी तुम हो।
न भ्रमित करो मुझको, मेरी दिशा तुम्हीं हो।।

□

'हो गया मेरा सारा जहाँ'

जिंदगी की डगर में, कदम उठ गया एक मेरा यहाँ,
साथ कोई मेरे हो लिया, हो गया मेरा सारा जहाँ।

छूटी गाँव गली, प्यारी बाबुल लली।
खो चली भीड़ में, बस रही नीड़ में।

करते पँछी बसेरा जहाँ।
हो गया मेरा सारा जहाँ।।

प्यार मिलने लगा, दिल बहलने लगा।
यही अपनी है दुनियाँ, ये लगने लगा।

प्यार सारे जहाँ का यहाँ।
हो गया मेरा सारा जहाँ।।

□

खत मिला

तहे दिल हुए उनका खत जो मिला,
जिंदगी की कहानी कुछ बनने लगी।
है खुदा शुक्रगर जैसे मेरे लिए,
पत्थरों के तले मोम गलने लगी।।

उन्होंने हमसे कहा, न लिखो खत में ये,
कि समझदार हूँ, मैं नहीं मानती।
नहीं परिभाषा समझूँ समझदारी की,
बालपन जैसी बातें बड़े प्यार की।।

मर मिटा हूँ मैं पढ़कर के नाराजगी,
पत्र में आपकी थी जो मेरे लिए।
ले लिये शब्द वापस न जाने ही क्यों,
हो गया है जुल्म अब हमारे लिए।।

सच कहूँ या लिखूँ सच्चाई कड़वी लगे,
तुम बड़ी हो गई हो समझदार भी।
न हो ऐतवार मेरी कलम पर तुम्हें,
तो सुनो मेरी बातें एक बार ही।।

देखो दर्पण में, अपने से पूछो जरा,
अंग-अंग से मिलेगा मेरा जवाब है।
कह सकूँ सच्चे दिलो-जान से,
मेरी जाने-जहाँ चढ़ता शबाब है।।

मुसकराकर के पूछो जरा प्रश्न तुम,
मुस्कुराएगा दर्पण मेरे साथ ही।
मिल चुकेगा सही अर्थ सच्चाई का,
हँस पड़ेगा ये जीवन तेरे साथ ही।।

बात सच्ची लगे या फिर झूठी लगे,
हम सच्चाई के आगे तो झुकते नहीं।
कह गए, लिख गए जो सही है सदा,
हम रुबाई की लहरों में रुकते नहीं।।

चीरते ही चले जाएँगे सीने को,
हैं सैनिक, कभी भी झिझकते नहीं।
बीच धारा हो, चाहे समुंदर बड़ा,
नाव आगे बढ़ाते हैं, रुकते नहीं।।

कैसे पढ़ता हूँ खत तेरे कई बार मैं,
खत बिना रात दिन भी तो कटता नहीं।
हैं नहीं शब्द स्याही के इस पत्र में,
ये खुला है हृदय मेरा दिखता नहीं ?

कैसे मानें ये मन' कैसे खत न लिखूँ,
बिन कहे कुछ वचन, मन नहीं मानता।

सच है जीना बिना संग साथी बुरा,
खत अच्छा न हो तो क्या है व्यथा।।

क्या मिटेगा तुम्हारा अगर खत लिखो,
जीना सीखूँगा खत से–पढ़ूँगा उसे।
रखके सिरहाने सोऊँगा अपने उसे,
रात सपनों में तुमसे सुनूँगा उसे।।

साथ में गुनगुनाने की कोशिश करो,
जीवनी में सभी स्वर समा जाएँगे।
पत्र प्यारे से आदान–प्रदान हो,
दुःख जीवन के सारे बिला जाएँगे।

□

फोन पर बात

(अस्सी के प्रारंभिक वर्षों में अपने देश में STD की सुविधा आनी शुरू हुई थी। हर व्यक्ति के पास Phone की सुविधा भी नहीं थी। किसी तरह प्रथम बार STD पर पत्नी से बात करने के बाद लिखी कुछ पंक्तियाँ··)

फोन पर दो बोल सुन ऐसा लगा,
दीदार हमने आपका ज्यों कर लिया।

माह बीता बिन तुम्हारे कुछ नहीं,
बीता हुआ पल ये हृदय छू लिया।

मानस के खयालों में न जाने क्या हुआ,
आँख की पुतली में न जाने क्या हुआ!

चलचित्र देखे बिन बताए स्वप्न रो,
प्रिय मिलन साकार-सा, ये क्या हुआ?

□

आप अवश्य आएँ

(वर्ष 2006 में मैंने अपने सभी Coursemates को अपनी शादी की 25वीं सालगिरह पर गोवा में एकत्र होने हेतु एक पत्र लिखा था। कविता रूपी पत्र निम्न थामुझे आशा ही नहीं…)

एक भविष्यवक्ता ने मुझे यह बताया था।
पूर्वजन्म का कच्चा चिठ्ठा ये सुनाया था।।
कि मेरी कल्पना एक राजकुमारी थी।
अपने राजा पिता की बड़ी दुलारी थी।।
मैं उस राजा की सेना में सेनापति था।
उस राजकुमारी की चाहत में दुःखी था।।
हम किसी तरह सही मौका निकाल लेते थे।
दरबारियों की आँखों में धूल झोंक देते थे।।
फिर भी दिल खोलकर कभी मिल नहीं पाते थे।
राजकुमारी को ऐसे अरमान रास नहीं आते थे।।
अतः हमने उससे गंधर्व विवाह रचाया था।
चुपचाप मित्र सेनापतियों को बुलाया था।।
वह भी अपनी चहेतियों के साथ आए थे।
उस परम मिलन ने चार चाँद लगाए थे।।
आज वह राजकुमारी मेरी बाँहों की रानी है।

कपोल कथा नहीं पूर्वजन्म की कहानी है।।
शायद आप मेरे साथी सेनापति रहे होंगे।
मेरे गंधर्व-विवाह के साक्षी भी रहे होंगे।।
आपकी चहेतियाँ ही उस समय भी साथ आई होंगी।
इसीलिए दिलो-दिमाग पर वह आज भी छाई होगी।।
मुझे तो भरोसा है कि गोवा में भी वही आएँगी।
आपके जीवन में सतरंगी छटा बनके छाएँगी।।
मैं तो चाहूँगा हम पुनः उनसे गंधर्व विवाह रचाएँ।
जीवन के कुछ शेष अमूल्य क्षणों को व्यर्थ न गँवाएँ।
ईश्वर करे युगों-युगों तक हम सब ऐसे ही मिलेंगे।
एक-दूसरे के सुख-दुःख हम हिल मिल कर सहेंगे।।
एक साथ मिलने की तीव्र आकांक्षा है।
कृपया मौका निकालें, मेरी यही आशा है।।
आप आएँ, साथ अपनी बेगम को लाएँ।
गोवा के सुनहरे बीचों की शोभा बढ़ाएँ।।

□

'पहलू में जिंदगी'

('आप अवश्य आएँ' के अनुरोध पर विभिन्न मजबूरियों के कारण सभी के एकत्र होने में असमर्थता सामने आयी। अत: उन्हें पुन: कुछ पंक्तियाँ लिखी गईं…)

सपना यों साकार होगा।
जीवन भर आभार होगा।।

जब सभी मिल जाएँगे।
हम नाचेंगे व गाएँगे।।

साथ में हम दम रहेंगे।
हाथ में जब हाथ लेंगे।।

जीवन की राहें बनेंगी।
जो प्रेयसी पत्नी रहेगी।।

प्रेरणा की धार बनकर।
जीवनी की राह चलकर।।

सपत्नीक ही आएँ वहाँ।
मौज मस्ती मिले जहाँ।।

खुशियों के क्षण हम ढूँढ़ लेंगे।
दीदारे-दिल हिल मिल करेंगे।।

व्यस्त जीवन में फँसी जो।
कीई-कई पहलू में बँटी जो।।

उस खुशी को पहचानना है।
खुद खुश होना जानना है।।

कुछ भी हो, कुछ समय निकालो।
कुछ पल मधुर-मधुर मुसकरा लो।।

□□□